Voice
― 君の声だけが聴こえる ―

貴堂 水樹

JN167577

STARTS
スターツ出版株式会社

失った音は、二度と戻らないと思っていた。
このままずっと、一人きりで、音なき世界を生きていくのだと。

そんな日常に変化が訪れたのは、
少し風の強く吹く、ある晴れた春の昼下がり。

この物語は、
耳の不自由な少年のもとに
命なき少女の声が届くところから始まる。

目次

Voice ―君の声だけが聴こえる―

第一章　届かないはずの声

「吉澤詠斗《よしざわえいと》です。知っている人もいると思いますが、僕は耳が不自由です。大きな物音ならかろうじて聴こえるけど、人の話し声なんかは一切聴こえません。ただ、唇の動きで相手が何を話しているのかだいたい読み取れるので、用がある時は肩を叩《たた》いてもらって、気持ちゆっくり話してもらえれば問題なく会話は成立します。……まぁ、気を遣うのも面倒かと思うし、僕も面倒なんで、必要最低限の会話にとどめてもらえれば」

よろしくお願いします、と頭を下げて、詠斗は再び椅子に腰を落ち着けた。

新年度、新しいクラスメイトへ向けた自己紹介。完全に聴覚を閉ざされてからは、この挨拶が定型になっていた。

まばらに起こる拍手。担任教師の苦笑い。詠斗にとっては毎度お馴染《なじ》みの景色だ。通常級への進学を決めた時からこうなることを覚悟していたので、これでいいのだと別段気に留めることもない。穏やかな高校生活を送るために打てる手をあらかじめ打っておく。ただそれだけのことだった。

先週の金曜日が始業式、そして今日から早速通常授業が始まる。とはいえ、一時間目はホームルームで、まるまる自己紹介やら各種委員決めやらで時間がつぶれる予定だった。

窓側の最後列。そこが詠斗に与えられた席だ。

吉澤なんていう名字のおかげで、出席番号はたいていビリっけつ。一年の時もそうだったし、今年もそう。この窓際の角はもはや詠斗のために設けられた席のようなものだ。詠斗にとっては、さっぱりありがたくないのだけれど。

美化委員会という人気のない、かつ当たり障《さわ》りのなさそうな役職をさっさと選び、詠斗は自分の席でぼんやりと外の景色を眺めていた。四月も八日となれば桜の花びらはとうに散りきってしまっていて、青々とした葉が陽の光にきらめいている。

今日は少し風が強いようだ。木々は大きく揺れ、時折窓ガラスがぶるると振動している。クラスメイトにはみしみしという音が聴こえているのだろうけれど、詠斗には想像することしかできなかった。

黒板のほうへと目を向ける。書き出された委員会一覧の下にはまだ名前の埋まっていないところがちらほらある。授業終了まであと十分弱。うまくまとまるかな、と詠斗は新しいクラス長の姿に目を細めた。

詠斗の座るこの場所からだと、教壇に立つ者の唇の動きが読みづらい。あと二列だけ前の席だったら、と年度当初は毎回思う。そうは言うもののまったく読めないわけではないので、わざわざ席を替えてもらうことはしない。できる限り目立った動きはしたくないという思いが根底にあるおかげで、自分で自分の首を絞めている形だ。とはいえ、さすがに三年目ともなればいやでも慣れてくるわけで、たとえ唇の動きが見えにくくとも特別不自由を感じることも少なくなってきていた。それがいいのか悪いのか、詠斗自身にもわからないのだけれど。

結局、新しいクラス長がうまく取りまとめたおかげで時間内に無事委員決めが終了した。何やらもめている様子だったので拍手ものだと詠斗は感心した。

二時間目から四時間目までは、新しい教科担任の挨拶やら今後の授業の進め方やらを延々聞かされるだけの時間だった。そうして、ようやく昼休みの時間がやってきた。

いつも通り、詠斗は右手に弁当箱を入れた袋を提げ、詠斗の所属する教室のある中《なか》校舎の屋上へと向かって階段を上る。去年は一階だったけれど、今年は三階だ。一つ上がるだけで屋上へたどり着くことができる。楽ができるようになった分、詠斗の足取りもいくらか軽い。

少し重い鉄の扉を押し開ける。今日も詠斗が一番乗りだった。

さっきまで強く吹きつけていた風はいつの間にか凪《な》いでいて、適度に眠気を誘う陽射しと相まって非常に心地よい。転落防止柵のすぐ目の前に設置されている古い無機質なベンチに腰かけ、遠くの街の様子や山並みを眺めながらランチタイムを過ごすのが詠斗の日課だった。

食事を始めて五分ほどが経った頃。不意に、誰かが詠斗の肩を叩いた。

振り返ると、一人の女子生徒が見事な仁王立ちで詠斗を見下ろしている姿が目に飛び込んできた。詠斗は思わず眉を寄せる。

「なんだよ、怖い顔して」

「なんだよ、じゃないでしょ！」

女子生徒ははっきりと口もとを動かしながら詠斗を睨《にら》んだ。

「あんな自己紹介はやめてってってあれほど言ったのに！」

「あぁ、そのことか」

詠斗はぽつりと漏《も》らし、再び箸《はし》で弁当箱をつつき始めた。すると、女子生徒は詠斗の肩を掴《つか》んで無理やり自分のほうを向かせる。

「もうっ、どうして自分から壁を作るようなことを言うのよ!?　詠斗のほうからそんな態度取られちゃ、むしろみんな困るんだってば！」

「何が困るんだ？　厄介者には関わらないのが一番だろ？」

「だーかーらー！　どーして自分で自分を厄介者扱いするの！」

「他にどうしろっていうんだ？　耳が聴こえない同級生なんて、厄介以外の何物でもない」

今度こそ女子生徒に背を向け、詠斗は唐揚げを一つつまんで口の中へと放り込んだ。

背後で腹を立てたまま突っ立っている女子生徒の気配を感じたが、振り返ることはしない。こうして待っていれば向こうから自分の正面へと回り込んでくることを、詠斗はよく知っている。

十秒と経たないうちに、女子生徒はベンチに沿って詠斗の正面へと回り込み、そっとしゃがんで詠斗の顔を見上げた。ここまでは想定通り。しかし、彼女が紡いだ言葉は詠斗の想像から少し外れていた。

「……ちょっとは頼ってくれないかな？　私のこと」

わずかに驚いたような顔をしながら、詠斗は喉を動かし口の中を空《から》にする。

「クラス長なんて面倒な役回りに就いてまで、俺をどうにかしたいわけか？　お前は」

「そういうんじゃないけど……」

詠斗に怪訝《けげん》な顔を向けられ、彼女はスッと視線を逸《そ》らした。

この女子生徒こそ、詠斗の所属する創花《そうか》高校二年二組のクラス長・萩谷紗友《はぎやさゆ》。

肩より少し長いくらいのつややかなストレートヘアに、くるりと丸い茶色がかった瞳。美人というよりは可愛《かわい》らしい女の子というほうがしっくりくるようなやや幼げな容姿だが、クラスの顔としての見栄えは申し分ない。インテリメガネの出木杉《できすぎ》くんが先頭に立つより、こういう人懐っこそうな女子のほうが何かと受けはいいものだ。さらに彼女は、先輩、後輩、ひいては教師陣に至るまでとにかく顔が広い。そういう意味でも、学校祭の時などには他学年とのやりとりもこなさなくてはならないクラス長という役職は、彼女にもってこいだった。

「詠斗が少しでも過ごしやすいクラス環境になればな、とは思ってるよ」

　もう一度詠斗のほうを見ながらそう言うと、紗友は転落防止柵の際に腰を下ろし、校内の購買店で買ったらしいメロンパンの包みを開けた。詠斗はまた一つ息をつき、あと一口分の白飯と最後の一つになっていた唐揚げを一気に平らげた。

「前から言ってるけど、本当に心配してくれなくていいぞ？　俺のことは」

　空になった弁当箱を手早く片付け、詠斗はさっと立ち上がった。

「今の耳になってもう三年だ。余程困ったことがない限り、他のヤツらと変わらない生活を送れてる。俺は俺なりになんとかやっていくから。だからお前も……」

「──×××」

　紗友の口もとがもそもそっと動いたが、何と言ったのか読み取れなかった。すくっと紗友は立ち上がる。

「私の気持ちは、変わらないから」

　真剣な眼差しで紗友は言う。詠斗もまた、その視線に応えるようじっと紗友の瞳を見つめた。

「それは俺だって同じだよ」

　抑揚のない声で返した詠斗の頬を春の風がなでる。少し耳にかかるくらいのさらりとした黒髪が揺れ、今はもう何の意味も為していない小さな補聴器がちらりとその顔を覗《のぞ》かせた。小学生の頃からの付き合いなので見慣れているはずだろうに、紗友の顔はわずかに曇る。詠斗は右手で短い髪を無理やり耳もとになでつけた。

その時。


お願い、誰か。


「……え？」

詠斗は思わず声を上げた。

「詠斗？」

突然何かに驚いたような顔をする詠斗に、紗友は眉をひそめる。


誰か、誰か気づいて。


「……!?」

詠斗は目を見開きながら右耳の補聴器に触れた。……今、誰かの声が。

キョロキョロと辺りを見回すと、紗友が何事かと覗き込んできた。口が〃の〃の形で止まっている。「どうしたの」と言ったらしいことを詠斗は瞬時に悟ったが、その声は少しも聴こえなかった。

「……なぁ、紗友」

「はい？」

「何でもいい、何か適当にしゃべってみてくれ」

「え？　あ、えっと……」

萩谷紗友です、と紗友の口は動いた。もちろん声に出して言ったのだろうが、やはり何も聴こえない。

もう一度、詠斗は辺りを見回してみる。今この屋上にいるのは、詠斗と紗友の二人だけ。

ぽん、と紗友は詠斗の肩を叩いた。

「ねぇ、詠斗……？」

驚きと不安、そして詠斗を心配する気持ちが入り交じった顔をする紗友に、詠斗もわずかに瞳を揺らしながら正直に事実を告げた。

「聴こえた」

えっ、と紗友は目を見開いた。

「今……誰かの声が、聴こえた」

微《かす》かな唇の動きだったが、うそ、と紗友は言ったようだ。

「聴こえたって……本当なの？」

「うん」

「……私の声は？」

「聴こえない」

「じゃあ……」

誰の、と紗友は一歩後ずさった。

紗友がそう言うのもわかる。詠斗自身も聴き間違いを疑っているくらいだ。そもそも耳が聴こえないのに聴き間違いも何もないのだが、今はそんなことを考えている場合ではない。

「誰の声かはわからないけど、たぶん女の人だと思う。それに、聴こえたのは一回だけじゃなかった。二回……『お願い、誰か』『誰か気づいて』って……」

「誰か、気づいて……？」

紗友の顔がみるみるうちに凍りついていく。

「ちょっと……ちょっと待ってよ……！」

「しっ！」

詠斗は人差し指を立てた右手を自分の口もとに持ってくる。紗友は瞬時に口をつぐんだ。

しばらくじっとしていたけれど、それ以上何も聴こえることはなかった。

「……だよな」

ふっ、と詠斗は自嘲的な笑みを浮かべた。

「ごめん、俺の勘違いだ」

そう言って紗友に背を向け、校舎内へと続く扉に向かって歩き出した。すると、すぐにその肩を掴まれる。

「ねぇ、本当なの？　本当に何か聴こえたの？」

扉に背を向ける形で詠斗の真正面に移動した紗友は、必死な顔で詠斗に問う。詠斗の心はぐらりと揺れた。

聴こえた、と信じたかった。

この耳が音を聴く力を取り戻したのだと、そう思いたかった。

けれど相変わらず紗友の声は聴こえないし、聴こえたと思ったさっきの声だって、今はもう聴こえてこない。

やはり思い違いだったのだと、詠斗は首を横に振る。

「聴こえるわけないだろ？　……俺の耳にはもう、どんな音も届かないんだ」

今度こそ紗友を振り切って、詠斗は静かに扉をくぐる。紗友がどんな顔をしているのかは振り返らずともわかったけれど、深く考えることはしないでおいた。

＊＊＊

翌日。

詠斗の打った〝自己紹介であらかじめけん制しておく〟という手は予想した通りに働き、不用意に詠斗へ近づこうとするクラスメイトは現れなかった。ただ一人、事情を知る紗友を除いて、という条件付きではあるのだが。

これで晴れていわゆる〝ぼっち〟と呼ばれる地位を確立したわけだけれど、世間的にはあまり褒められたものでない〝ぼっち〟も、詠斗にとってはひどく居心地のいいものであったりする。もうずいぶん長いこと一人で学校生活を送るのが当たり前になっていた詠斗には、友達付き合いや恋愛など、普通の高校生が人並みにこなす日常に今さら戻ることへの価値が見いだせなくなってしまっていたのだった。

授業中はもちろん、休み時間も一人きりで過ごす詠斗の毎日は、誰よりもゆったりと流れ、穏やかに過ぎていく時間とともにある。忙《せわ》しなく走り回るクラスメイトの様子に目を向けることもなく、ただ静かに窓の外を眺めたり、好きな本を読んだり。代わり映えしない日々ではあるが、不満に思うことは特にない。確かに境遇だけに着目すれば不幸であると言えるだろうが、多少不便ではあるものの決して不幸ではない。詠斗はそう思うことにしていた。

慣れてしまえば昼休みまであっという間だ。今日も今日とて一人屋上でのびのびと弁当を食べていると、詠斗のもとに二日連続で来客があった。

「よぉ」

振り向けば、中学時代からの同級生・川島巧《かわしまたくみ》がにこやかに片手を挙げていた。

一八二センチと長身の巧を座ったまま見上げると首が痛くなる。一六八センチの詠斗にとっては、立っていても巧を見上げなければならなかったのだけれど。

何も答えずにいると、巧は詠斗のすぐ隣に腰を下ろし、重箱並みの特大弁当を広げ始めた。今巧は詠斗の左隣に腰かけていて、そのさらに左の空きスペースには巧の弁当箱が置かれている。

少し前屈《まえかが》みになり、広げられた弁当箱をまじまじと眺める。これをすべて平らげて横に太くならないというのは一体どういうわけなのだろう、と毎度ながら詠斗はすっかり驚いてしまうのだった。

「あんまり萩谷をいじめてやるなよ」

ぽん、と一つ肩を叩いて詠斗の目を自分へと向けさせてから、巧は困ったように笑いながら言った。

「……誰が？」

「お前が」

「俺が？　紗友を？」

「おーい、無自覚かよ」

今度はさっきよりも大きく笑って、巧は箸を手に取り豪快に弁当をかき込んだ。早食いはデブの証《あかし》だってテレビか何かで見た気がするのだが、それでいて抜群のスタイルを誇る巧の存在は学園七不思議の一つに数えてもよさそうだな、と詠斗は巧の食べっぷりを見るたびに思う。そうは言っても、そもそもこの学校には七不思議なんて存在するのだろうか。少なくとも、詠斗は知らない。

「ってか、そんなことを言いにわざわざ来たのか？」

「そんなことってのは聞き捨てなんねぇなぁ。間に挟まれるオレの身にもなれっつーの」

「はぁ？」

真剣な顔をした巧に箸の先を向けられ、詠斗は思わず顔をしかめた。

「たまには自分の気持ちに素直になってみたらどうだ？　詠斗」

もともとぼんやりとしか聴こえていなかったけれど、よく響くバリトンボイスが巧の声色だ。それも今となってはもう詠斗の耳に届かない。ありし日の声は、頭の中だけで再生される。

「萩谷が嫌々で言ってるんならまだしも、あいつの気持ちは紛れもない本心だ。そいつを無視してお前の想いだけを押しつけるってのは、男としてどうかと思うぞ？」

やけに真面目なことを口にする巧に、詠斗はため息をついた。

そんなこと、言われなくたってわかってる——そう言いたげな顔をしてしまったことは、巧にバレているだろうか。

『私が詠斗の耳になるから！』

詠斗の聴覚が完全に失われた、中学二年の夏。

泣きながら、紗友は詠斗にそう言った。

痛いほど、その気持ちを嬉《うれ》しいと思った。

けれど、それ以上に強く心に灯った想いがあったこともまた真実だ。

『紗友には、もっと自由な人生を送ってほしい』

耳の聴こえない自分に寄り添うことは、苦労を背負わなければならないということ。

それがどうしても許せなくて、詠斗は紗友の申し出を受け入れなかった。


あれから、まもなく三年が経とうとしている。

生後四日目。新生児に対して行われる聴力検査で、難聴であると診断された。生まれついての病《やまい》でいずれは完全に聴力を失うことになるという宣告が下り、詠斗がそれを知ったのは幼稚園に通い出した頃。周りの子ども達と違い、自分の耳には何やら変な器具が装着されている。それを外すと母親の声が聞こえづらくなって、何かがおかしいことに気がついた。

歳を重ねるそのたびに、少しずつ詠斗は音のある世界から遠ざかっていった。

昨日まで聞こえていた声が届かない。そこにあるはずの音がとらえられない。

指の隙間から砂がこぼれ落ちていくように、詠斗の耳は本来持つべき力を日々失っていった。

そして、あの夏の日。

目が覚めると、何の音も聴こえなくなっていた。

あの時のことを詠斗は今でもはっきりと覚えている。確かにショックだったけれど、

『あぁ、ついにこの日が来たか』と妙に冷静な自分がいたことのほうがショックだった。諦めがよすぎるぞ、と自分で自分にツッコミを入れたほどだ。

そんな中、誰よりも泣いてくれたのが紗友だった。

一粒の涙も流さなかった詠斗の分も、紗友が代わりに流してくれた。詠斗には、それだけで十分だった。

「男としてどうかと思われても、俺には痛くもかゆくもない」

詠斗が本当に胸の痛みを覚えるのは、未来ある紗友の人生を壊してしまうことだから。

ぽいっ、と玉子焼きを口に放ると、どうやら巧がため息をついたらしい空気が伝わってきた。説得を諦めたのか、巧はものすごい勢いで重箱二段を空にしてみせた。

「バスケ行くわ」

詠斗に見えるよう体勢を変えてから言うと、じゃあな、と巧は足早に屋上をあとにした。食べてすぐ動いて大丈夫か、と聞く隙《ひま》もなかった。

ちなみに巧も紗友も中学の頃からバスケットボール部に所属していて、紗友と家が近所で幼馴染みでもある詠斗と、通っていた小学校の違う巧との間に縁が生まれたのは紗友のおかげだ。

中学に上がって早々、巧は紗友に恋をした。いわゆる一目惚《ぼ》れというやつだ。紗友が詠斗を想うおかげでその恋は叶《かな》わなかったわけだが、当の詠斗は紗友と巧ならお似合いのカップルになれるのに、と今でも本気で思っている。実際、二人は仲がいい。なんやかんやで、詠斗と巧も。

現在、屋上には詠斗の姿だけがある。この広々とした空間を図《はか》らずも独り占めしている状態だ。春のうららかな陽気は今日も絶妙な心地よさで、うっかりするとうたた寝をしてしまいそうだった。

チャイムの音が聴こえない詠斗は、携帯のアラーム機能を使って昼休みを過ごしていた。五時間目の五分前になるとアラームが作動し、バイブレーションで時間を知らせてくれる。手で握っているか胸ポケットに入れておくことが肝心で、ズボンのポケットでは振動に気づかないことがある。一度それで失敗して授業に遅れてしまい、以来、昼休みには必ず胸ポケットへと携帯をしまい直していた。

食べ終えた弁当箱を片づけ、ぼんやりと青空を眺める。小学生の頃までは飛んでいる鳥の声も聴こえていたのに、なんて、どうでもいいことを思い出しては感傷に浸る。最近では少なくなっていたけれど、今日はそんな昼休みになってしまった。

その時。

『あの』

はっ、と詠斗は背筋を伸ばした。咄嗟《とっさ》に右耳の補聴器に手をやる。

『聴こえているんですよね？　私の声』

ごくりと生唾を飲み込んだ。確かな声が今、詠斗の耳にはっきりと届いた。

聴き間違いなどではない。確信を持って言える。昨日聴こえたのと同じ、知らない女の人の声。

「……聴こえます」

ざわざわと胸が騒ぎ立てる中、おそるおそる口を開く。すると、先ほどと同じ声が再び詠斗の耳に届いた。

『あぁ、よかった……！　やっと出逢えた、私の声が届く人に』

返事が来たことに感動し、詠斗は思わず立ち上がった。膝の上にのせていた弁当箱がころんと地面へ転がったが、プラスチックが地に当たった音は聴こえない。やはり、聴こえているのはこの女性の声だけだ。

ぱっと首を振って辺りを見渡してみる。体も捻《ひね》ってぐるりと三六〇度、どこに目を向けても今詠斗のいるこの屋上には声の主と思われる人影がない。

どういうことだ、と詠斗の頬を冷や汗が伝う。体に微かな震えを覚えた。

「……あ、あの」

どこを向いて話せばいいのかわからないまま、詠斗は斜め上方向を見ながら再び口を開いた。

「あなたは……？」

姿の見えない相手。

込み上げる恐怖に揺れる心をどうにか抑え、必死になって頭を捻る。しかし、どれだけ考えてみても、詠斗に出せる答えは一つ。

『すみません、突然のことで驚かれましたよね。私は創花高校二年……あ、いえ。生きていれば、今年三年生になる予定でしたが』

「生きて、いれば」

やっぱりそういうことか、と詠斗は今一度唾を飲み下す。目に見えないその人が『ええ』と綺麗《きれい》な言葉で相づちを打ってきた。

『はじめまして、私は羽場美由紀《はばみゆき》といいます。理由はわからないのですけれど、先週、知らない誰かに殺されてしまって』

「こ、殺された……？」

にわかには信じられない言葉が飛び出したが、それよりも重く受け止めなければならない事態が目の前に転がっている。

羽場美由紀と名乗るその声は、この世に生きる人間のものではない。

つまり。彼女の声は、死者の声であるということ。

『はい。塾帰りのことでしたが、誰かに後ろから頭を殴られて』

「殴られた……」

『ええ。でも、おかしいんです』

「お、おかしいって、何が……？」

『私の住んでいる地域はあちこち坂になっていて、私の家の周辺も例外ではありません。塾からの帰りはいつも自宅マンションがすぐ左手に見える長い階段を下ってエントランスへ向かうんですけれど、私が殴られたのは階段に差しかかるずいぶん前だったはずなのに、気がついた時には階段の一番下に私の体が横たわっていて……』

「ちょ、ちょっと待ってください」

確かにおかしな話だとは思うが、その前に、と詠斗は右手を挙げてストップをかけた。

「一旦状況を整理させてほしいんですけど」

あまりにも淡々と自らの死に際について語る美由紀。突然彼女の声が聴こえるようになったという現状さえうまく把握できていないというのに、これ以上勝手に話をされても何一つ理解できる気がしなかった。

「えっと……まずですね。あなたは、その……幽霊、なんですよね？」

『俗っぽく言えばそうなります。まさか自分が幽霊になって後輩の男の子と触れ合うことになろうとは思ってもみませんでしたけれど』

そうでしょうね、と詠斗は力なく相づちを打つ。詠斗だって、幽霊の先輩と言葉を交わす日が来るなんていう未来はこれっぽっちも想定していなかった。そもそも、そんな未来を想定して日々生きている人間などまずいないだろうと詠斗は思う。

「えーっと、俺の声は届いているようですけど、俺の姿は見えているんですか？」

『もちろん、見えていますよ。殴られてからどれくらいが経った頃かはちょっと判断できかねますけれど、この姿になってからも生きていた頃と同じように目も耳も正常に機能しています』

「なるほど、了解です。俺には、声は聴こえてもあなたの姿は見えていないもので」

『あら、そうだったんですね。どうりでさっきから視点が定まっていないはずです。もともとそういう方なのかと思っていましたけれど、違ったのですね。すみません』

「いえ。一応、視力は今まで一度も衰えたことがないです」

『視力は？』

意外と鋭い人なのか、美由紀は細かいところを拾って突き返してくる。一つ小さく息をつき、詠斗はまた少し斜め上を仰いだ。

「俺、耳が聴こえないんですよ」

今日はいい天気ですね、くらいのテンションで言ったつもりだったのだが、美由紀から言葉が返ってくるまでに軽く十秒はかかった。

『そう、なんですね』

相手の姿が見えないのでいなくなってしまったかと思ったが、どうやら詠斗の告白に驚いて言葉を失っていたようだ。「そうなんです」と答えると、また少し間があいた。

『だから、私の声が聴こえるんでしょうか？』

「あぁ、そういうことなら納得できなくもないです。俺の耳には、あなたの声以外の音は何も届かないままのようなので」

『霊感の強い方あたりに気づいてほしくてずっと呼び続けていたのですけれど、まさかあなたのような耳の不自由な方に届くとは思いませんでした』

「すみません、俺に少しでも霊感があればあなたの姿が見えたんでしょうけど」

『いいえ、十分です。この声を聞き届けてもらえるだけで、願いはほぼ叶ったようなものですから』

「願い？」

はい、と答えた美由紀に詠斗は眉をひそめた。そういえばいつだったか、この世に現れる霊というのは強い念の塊だという話をどこかで聞いたな、と詠斗は頭の片隅に眠るうっすらとした記憶を呼び起こす。ならば美由紀も、何かどうしても成し遂げたいことを抱えているということだろうか。

『私を殺した犯人を捕まえてもらうこと——それが私の願いです』

詠斗の口がわずかに開いた。しかし、言葉が転がり出てくることはない。

──犯人を、捕まえる？

確かに今、美由紀はそう言ったように聴こえた。

「……え、っと」

何と答えていいのかわからないまま、詠斗は詰まらせながらもどうにか言葉を絞り出した。

「俺に、ですか？」

『はい？』

「俺が、あなたを殺した犯人を捕まえるんですか？」

『そうです』

当たり前でしょう、といった風に言う美由紀。詠斗はいよいよその表情を険しくし始める。

「……そういうのって、警察の役目なのでは？」

『私もそう思って、事件現場で何度も呼びかけてみたんですけれど、私の姿が見えたり、声が聴こえたりする方にには出会えなくて』

「なるほど。それでたまたまあなたの声が聴こえた後輩の俺に頼もうってわけですか」

『そういうわけです』

きっとにこやかに笑っているのだろうな、と見えない美由紀の口もとを想像してしまい、詠斗は右手でそっと額を押さえた。

そういえば、と詠斗の手が額から離れる。

いくら同じ学校とはいえ、ただでさえ人との関わりを避けがちな詠斗が上級生である羽場美由紀という女子生徒のことを認知しているはずもなく、今になってようやく先週の始業式で校長から春休み中に生徒が一人亡くなったという話が出ていたことを思い出した。あの時話題になったのが彼女・羽場美由紀であるということに、詠斗はこの時初めて気がついたのだった。

ここまで思考を巡らすも、結局のところ今の詠斗には、彼女が一体何者で、どんな顔をしているのか、声以外に何の情報もない状態であることに変わりはない。もちろん、彼女がなぜ殺されるようなことになってしまったのかということも。

「……一応、お尋ねしますけど」

『はい、何なりと』

うきうき感満載の声が返ってきて、やっぱり頭を抱えることになる詠斗である。この人、本当に殺されたのか？　それにしては、やけに淡々としている気がするのだが。

「何か殺されなきゃならないようなことをしたんですか？」

『失礼な！　心当たりなんてありませんよ。誰に殴られたのかもわからないですし、どうして死ななくちゃならなかったのか、まったく見当もつきません』

「そうなんですね。それで自分が殺された理由を知りたいと？」

『えぇ。ですが、それだけじゃありません』

意外な答えが返ってきて、詠斗は微かに眉をひそめた。

『私の友人が、犯人じゃないかって警察に疑われているみたいなんです』

「お友達が？」

少し驚きながらも、詠斗にはなんとなく話の筋が読めた。「なるほど」と小さく呟《つぶや》く。

「そのお友達は犯人ではない、と言いたいわけですか」

『はい、その通りです』

「けど、後ろから殴られたんでしょう？」

『殴られる直前、誰かが駆け寄ってくる足音に気づいて振り返ったんです。次の瞬間には何か硬いもので殴られてしまったので顔ははっきりと見ていないのですけれど、私よりもずいぶん大きな人だったように思いますから、おそらく男性だったのではないかと』

「つまり、今疑われているお友達というのは、女性？」

「そうです。松村知子《まつむらともこ》……私の同級生です」

そう言われても、詠斗にとってピンとくる名前ではなかった。これが紗友なら「あぁ、松村先輩ね」なんて軽く言ってのけるのだろうが、あいにく人付き合いは詠斗のもっとも避けて通りたい分野である。同級生ならまだしも、一学年上の女子生徒のことなど知る由《よし》もない。

「要するに、真犯人が見つかれば彼女への疑いが晴れるわけだ。で、あなたの真の望みはそれである、と」

『おっしゃる通りです。よかった、あなたのような頭のいい方に出会えて。嬉しいです』

これまたにっこりと笑いかけられているようで、何とも言えない気持ちになる。詠斗は少し乱暴に頭を掻《か》いた。

『当初の予定ではあなたを通じて警察の方に働きかけてもらうつもりでしたけれど、これほど理解力のある方なら、あなた自身の手で事件を解決できてしまいそうですね？』

「バカなことを言わないでくださいよ！　ただの高校生にそんなことできるわけないでしょ！」

『ただの、ではありません。〝幽霊の声が聴こえる高校生〟です』

「どっちでも同じことですって！」

それを言うなら耳が聴こえない時点で普通の高校生ではないとも言えてしまうわけ

だが、これ以上膨らませると収拾がつかなくなりそうなので口にはしないでおいた。おそらくドヤ顔をしているであろう美由紀の顔に泥を塗るのも悪い。

「とにかく、無理ですよ！　犯人捜しなんて。俺なんかにできるはずがない」

『だったら、警察に話してください。知子は犯人じゃないって』

「根拠もなしにそんなこと言えるわけないでしょうが！」

『根拠ならあるじゃないですか』

「どこに!?」

『被害者の私が言っているのですから、間違いありません』

詠斗は頭を抱えた。この先輩、正真正銘のバカなのではなかろうか。

「……幽霊の証言なんて、誰が信じるんですか」

これ以上ないもっともな指摘にようやく美由紀も気づいたようで、『あぁ、そう言われてみれば』なんてひどく間の抜けたセリフを口にする。はぁ、と詠斗は大きくため息をついた。

『では、やはりあなたが真犯人を見つけ出す他に手はないようですね』

「だからどうしてそういう話に……っ！」

『ふふっ、冗談ですよ』

楽しげに笑う美由紀。もしかして弄《もてあそ》ばれている？　と思った時にはすでに手遅れで、このままでは美由紀の手のひらの上でいつまでも踊り続けることになりかねない。どうにかして流れを変えなくてはと気持ちを切り替えようとしたその時。

『……わかっているんです。こんなわがままが通用するはずがないと』

先ほどまでの明るい雰囲気は消え、美由紀の声に哀愁が漂い始める。

『知子が無実なのは事実ですから、いずれ疑いも晴れるでしょう。捜査は難航しているようですけれど、真犯人だってきっと警察の方が捕まえてくださいます。私の想いは、今あなたに伝えました。せめてあなた一人だけでも、知子の無実を最後まで信じてあげてください』

穏やかな、落ち着いた声で紡がれたその言葉は、詠斗への別れの挨拶のように聴こえてならなかった。

このまま、美由紀の霊は天に召されていくのだろうか。

今の言葉が、最後になってしまうのか。

「待ってください」

顔を上げ、詠斗は美由紀に向けて声をかけた。まだそこにいてくれているのか、確信はなかったけれど。

「わかりました。俺、犯人捜します」

面と向かって言うつもりで、詠斗はまっすぐ前を見る。

「実は、兄が刑事なんです」

『えっ？』

短く返ってきたその言葉に、詠斗の表情がぱぁっと明るくなった。美由紀の声が再び聴こえてきたことに、素直な喜びの感情が心に灯る。

よし、と右の拳を握り、詠斗は美由紀に向かって語り続けた。

「あなたが殺された事件を担当しているかどうかはわからないけど、一応兄は殺人事件を扱う部署の人間です。兄なら俺の言うことを信じてくれると思いますし、お友達の無実を証明する手立てを一緒に考えてくれるはずです。……それに」

言葉を切って、詠斗はほんの少しだけ目線を下げた。

「自分勝手な理由ですけど……ここであなたの頼みを断ったら、もう本当に、誰の声も聴こえなくなっちゃうから」

下がってしまった顔を上げ、すぅっと細めた目をして言う。

「もう少し、あなたの声を聴いていたい……あなたの声が聴こえるなら、あなたのわがままに付き合ってもいいかな、って」

詠斗はずっと思ってきた。

この耳が、失った音を取り戻すことは二度とない。このまま一生、音のない世界で生きていくしかないのだと。

けれど今、たった一人の女性の声だけではあるものの、詠斗の耳は再びその機能を取り戻した。誰をも悲しませることなく、自分の力で強く生きていくのだという三年前に決めた覚悟を、彼女の声はいとも簡単に覆《くつがえ》してしまう。

美由紀の声が届いたことで、詠斗の心は素直になる。

声が聴きたい。

完全でなくて構わない。少しでも長く、音のある世界に生きているのだということを感じていたい。

声が聴こえることの喜びに、もっともっと触れていたいのだ、と。

『……あなた』

少し間があいて、美由紀の声が再び詠斗の耳に降りてくる。

『変わり者だって言われるでしょう？』

「は？」

おもいきり不意を打たれ、詠斗は妙な声を上げてしまった。

『変わっていますよ——幽霊相手に愛の告白だなんて』

「な」

不意打ちの不意打ちに、詠斗は頬が火照《ほて》るのを感じた。

「ち、違いますよっ！　どこをどう聴いたら今のが愛の告白になるんですかっ」

『「あなたの声を聴いていたい」、ですか。いいですね、素敵です。生きているうちにぜひ言ってもらいたかった』

「ちょっ、え？　あ、いや……だからそれは……っ」

赤らんだ頬であたふたと宙に向かって手を振っていた詠斗だったが、突如、その肩を誰かの手がぽんと叩いた。はっとして、詠斗は即座に振り返る。

「詠斗……？」

そこに立っていたのは、いつにも増して怖い顔をする紗友だった。

「ねぇ……何してるの？　一人で」

紗友の一言に、詠斗は言葉を失った。

今、改めて確信した。美由紀の声は、やはり自分にしか聴こえていないのだということを。

しばらく何も言えないまま、詠斗はただ紗友の目を見つめ返していた。対する紗友もまた、詠斗の言葉を待つようにじっとその視線に自分の視線を重ねている。

「……どうして」

ようやく詠斗が口を開くと、凪いだ春風が詠斗と紗友の髪を揺らした。

「どうしてここにいるんだよ？　紗友」

「何言ってるの、もうとっくに授業始まってるんだよ？」

はっとして詠斗は胸ポケットに手を突っ込んだ。取り出した携帯で時間を確認すると、午後一時三十三分。五時間目の授業は三分前に始まっていた。

しまった、と思ったがもう遅い。つい美由紀との会話に夢中になって、アラームの振動にまったく気がつかなかった。紗友がここへやってきたのは、授業が始まっても教室に戻ってこなかった自分を呼びに来たからだ。ここでも詠斗は頭を抱えることになってしまった。

おそらく紗友は、この一瞬で理解しただろう。

詠斗の周りで、今何が起きているのかということを。

「……ねぇ、詠斗」

詠斗が予想した通り、紗友は早速話を切り出してくる。

「本当だったの？　昨日言ってた、誰かの声が聴こえたっていう話」

怖々《こわごわ》といった風で尋ねてくる紗友に、詠斗は何と答えるべきか迷った。何より、今はもう授業中だ。一刻も早く教室へ戻らなければならない。

「……先輩、まだそこにいますか？」

紗友から目を逸らし、詠斗は斜め上を仰ぐ。

『はい、ここに』

声が返ってきたことに安堵すると、間髪を容れずに言葉を紡いだ。

「すみません、一度授業に戻ります。詳しいことはまた改めて伺いたいと思うんですけど、あなたに会うにはここへ来ればいいんですか？」

『そうですね。どうやら私は生きていた頃にゆかりのあった場所にしか現れることができないようなので』

「ゆかりのあった場所？」

『今のところ、この学校か、自宅か、事件現場……この三か所では問題なく幽霊としていろいろと見聞きできています。……そうだ、いっそ幽霊らしくあなたに取り憑《つ》いてみましょうか？　そうすれば、私はいつでもあなたと一緒に行動できますよね！』

「やめてください、縁起でもない」

たとえ高校の先輩だとしても、霊に取り憑かれるなんて御免だと詠斗はすかさず首を横に振る。ただでさえ不自由を背負う身だというのに、これ以上負担になるようなことは詠斗にとって面倒以外の何物でもない。

『ふふ、大丈夫ですよ。肝心の私が人間に取り憑く方法を知りませんから』

「……そういうのって、自然にわかったりしないんですか」

『しないようですね、どうやら』

そういうものなのか、と詠斗はやや表情を歪《ゆが》める。幽霊の世界というのは案外ややこしいらしい。

「了解です。何はともあれ、事件のことも含めてもう一度状況を整理したいので、明日の同じ時間にまたここへ来ます。僕が来たら、あなたのほうから声をかけてください」

『わかりました。それでは、授業がんばって』

その言葉を最後に、美由紀の声は聴こえなくなってしまった。自宅へ戻ったのか、はたまた自分が死んでしまった場所へと飛んでいったのか。

「……ごめん、詠斗」

一つ肩を叩いてから、紗友はゆっくりと口を開いた。

「何が一体、どうなってるの」

動揺やら驚愕《きょうがく》やらで、紗友の顔はすっかり青白くなってしまっている。それはそうだろう。詠斗にとってはれっきとした美由紀との会話でも、紗友には詠斗の声しか聴こえていないのだ。何やら目に見えないものを相手にしている様子の幼馴染みに不信感を抱くばかり、といった雰囲気が、紗友の体中からじわじわとにじみ出ていた。

「端的に言えば、勘違いじゃなかったってことだな」

昨日、紗友には『勘違いだった』と言った。この耳には、誰の声も届くはずがないのだと。

「聴こえるんだ……春休み中に亡くなった先輩の声が」

血の気の引いた顔をしている紗友だったが、詠斗の一言を聞いた途端、その眉をわずかに動かした。

「春休み中にって……まさか、美由紀先輩のこと？」

「知ってるのか？」

「うん、女バレのマネージャーだった先輩だよ」

「女バレって……どうしてバスケ部のお前がバレー部の先輩のことを？」

「私を誰だと思ってるの？　中部《なかぶ》の人のことならだいたい把握してるよ」

へぇ、と詠斗は素直な感嘆の声を上げた。

〝中部〟とは中で活動する運動部……つまり、主に体育館で行われる屋内スポーツの部活動を指す総称としてこの学校で使われる言葉である。女バレこと女子バレーボール部をはじめ、バスケ部、バドミントン部、卓球部、ハンドボール部などが対象だ。

それに対して、屋外スポーツである野球部、サッカー部、陸上部などの運動部は〝外部《そとぶ》〟と呼ばれている。ちなみに吹奏楽部や茶道部、英語部などの文化系部活動は、その名の通り〝文化部〟という何の捻りもない総称が使われていたりする。

「さすがは紗友さん、相変わらず人脈の広いことで」

「世渡り上手と言ってちょうだい」

それはちょっと違うだろうと思ったが、詠斗は何事もなかったような顔でスルーした。幼馴染みが突然〝死者の声が聴こえる〟なんて言い出したら冗談の一つくらい言いたくもなるだろうと、いくら他人と距離を置く詠斗とはいえ、紗友の心境は察してあまりあるものだった。

「信じられないかもしれないけど、先輩の声が聴こえるのは本当のことだ。もっと言えば、先輩の声以外の音は今まで通り何も聴こえない。俺が一人でしゃべってるように見えるのは、俺がおかしくなったわけじゃないから」

「うん、それはなんとなくわかった」

「なんとなくかよ」

「そりゃそうでしょ！　私には美由紀先輩の声が聴こえないし、それどころか姿も見えないんだから！」

「あぁ、先輩の姿なら俺にも見えてないよ。霊感の強い人には見えるんだろうって先輩は言ってた」

むん、と顔をしかめる紗友。無理もない、と詠斗は思う。詠斗が美由紀と会話できているのは事実だが、それを証明する手段をあいにく詠斗は持ち合わせていない。きっとこの先もずっと証明できないままだろう。紗友を納得させるには一体どうすればいいのやら、と詠斗はまたしても頭を悩ませることになった。

「とりあえず、今は教室に戻ろう。詳しい話はまた」

いつまでもここで考えていたって仕方がないと、詠斗は一度気持ちを切り替え、納得できていないことが丸わかりの顔をする紗友とともに校舎内へと駆けていく。授業が始まって、すでに十分が経とうとしていた。

当然のごとく、五時間目と六時間目の授業はまるで集中できなかった。

常に先生の口もとを見ていないとすぐに何を話しているのかわからなくなってしまう詠斗にとって、授業中に他ごとを考えることは致命傷を負うのと同義だ。何度も上《うわ》の空になってしまうことに気づいた時点で、今日の授業は初めから受けていなかったことにすると決めた。それが集中できない時のいつものやり方だった。

授業箇所は家に帰ってからゆっくり勉強することにして、詠斗はぼんやりと美由紀の話を振り返り始めた。

自宅マンションのエントランスへ向かうための階段を下るよりも前に頭を殴られたにもかかわらず、命を失い幽霊の姿となった時には階段の下に自らの遺体があったという美由紀。まずはこの点について考えてみようと、カチカチとシャーペンをノックする。

警察は彼女が頭を殴られたことに気づいているだろうか？　はっきりとしたことがわからなければ、事故や自殺などあらゆる可能性を疑って捜査が行われるだろう。けれど詠斗は直接美由紀から〝誰かに殴られた〟と聞いているので、これを殺人事件と考えるより他にない。なぜ殺されたのかという点は一旦脇において、一番の問題である〝気がついた時には階段の下に遺体があった〟という点に着目する。これは一体どういうことか。

美由紀の証言を全面的に信用するならば、彼女の遺体は彼女を殴り殺した人物によって意図的に動かされたということになる。逆に信用しないとすれば、彼女の記憶違いで実は階段を下っている途中で殴られたとか、殴られてからしばらくは生きていて自力で階段を下ったとか、そういったことが考えられそうだ。しかし、先ほどの美由紀の言葉はしっかりとした口調で紡がれていて、自信がある感じだったよなと詠斗はやや顔をしかめる。

ノートの端に小さく書き足されていくのは、次々と湧いてくるいくつもの可能性。裾野を広げることは簡単だが、今詠斗の手もとにある情報は被害者本人の証言のみ。本来殺人事件の捜査において被害者から証言を得るなんていう事態はどう転んでも起きないことくらい詠斗にだってわかっている。やはりこれを信じないなんて間違っているか、と詠斗は〝美由紀の遺体は犯人によって意図的に動かされた〟という説を現時点での最有力候補に据えて、その文字をくるりと大きく丸で囲った。

では、なぜ犯人は遺体を動かす必要があったのか。次はこの点について考えてみる。

現場周辺の具体的な様子がいまいちわかっていなかったので、想像しながら絵に描いてみることにした。

一口にマンションといっても三階建てから十階以上の高層階があるものまでさまざまなので、だいたい五階建てくらいのマンションを想定して四角く描く。当該地域は坂が多いという話から、マンションのエントランスは坂の下にあり、それと同じ並びにも坂の上にも住宅地が広がっているといった様子を思い浮かべる。美由紀の言う階段とは宅地と宅地をつなぐ歩行者用の抜け道みたいなものだろうか。〝マンションが左手に見える長い階段を下って〟という証言を振り返りつつ、キュコキュコとペン先をこまめに動かして四角いマンションの隣に階段が並走している様子を描いた。美由紀は〝長い階段〟だと言っていたけれど、具体的にはどのくらいの長さなのだろうか。真剣に犯人捜しをするのなら一度現場の様子を見ておいたほうがいいかもしれないな、と詠斗は一人うんうんと小さく頷《うなず》いた。

一通りイラストが揃ったところで、問題である美由紀の遺体が動かされた件について思考を巡らせてみる。

襲われたのは塾帰りのことだというのだから、犯行時刻はおそらく夜の十時とか十一時とか、比較的遅い時間帯だろうということは容易に想像できる。しかし、いくら夜間の出来事とはいえ、人目につく可能性は決して避けられるものではない。犯人はなぜ、リスクを犯してまで遺体を動かさなければならなかったのか。その理由について、詠斗の脳裏にぽつぽつといくつかの可能性が浮かぶ。

一つ目は、本当は階段を下ったところで殺す予定だったにもかかわらず、何らかののっぴきならない事情によって美由紀が階段に差しかかるよりも前に殺さなくてはならなくなったという可能性。その事情というのが何なのか、そんな事情が果たして起こるものかという点はさておき、可能性の一つとしては十分考え得るはずだ。

二つ目。殺害現場に遺体を残しておくことで何らかの不都合が生じる可能性を犯人が予見していたとしたらどうか。考えておきながらこんなことを思うのもおかしいよなと心の中で苦笑しつつ、詠斗は真っ先にこの可能性を否定する。遺体がその場に放置されることとそれ自体がまずいのであれば、最初から殺害場所を変えてしまえばいいだけの話だからだ。

三つ目。美由紀の死を誤って階段から転落したことによる事故死に見せかけようとした可能性。詠斗がもっとも疑わしいと睨んでいるのはこれだった。

いくら〝長い階段〟とはいえ、突き落とすことによって確実な死を得られるかどうかはその落ち方や美由紀の体力によるところが大きい。犯人もそう考えたがゆえに、頭を殴って確実に殺してから偽装工作を行ったのではないか。詠斗はそう考えたのである。

ただし、この可能性を採用するには解消すべき疑問点がいくつかある。一番は美由紀の証言だ。

先ほど美由紀は『殴られたのは階段に差しかかるずいぶん前だった』と言っていた。言葉の綾《あや》かもしれないが、現場を通り慣れた地元の人間が言うのだから殴られた場所から階段までは本当に距離があったのだと考えたほうが自然である。しかし、もしも犯人が最初から美由紀の死を事故に偽装するつもりだったのなら、なぜ階段から離れた場所で美由紀を殴り殺す必要があったのか？　いくら被害者が女性とはいえ、遺体を担《かつ》いで歩くなんて重労働は誰だってできる限り避けたいと思うのが普通なのでは、と詠斗は眉間にしわを寄せる。

そして、ここで一つ新たな疑問が生まれた。そもそも美由紀の遺体は、どのようにして階段の下まで移動したのかという点だ。

犯人が遺体を抱えたままえっちらおっちら階段を下り、最下段に寝かすようにして置いていったのか。それとも、最上段から勢いよく転がして、下まで落ちていく様子をじっと眺めていたのか。後者ならば三つ目の事故死偽装説である可能性は高まるが、前者であればそれは否定されそうである。今一つ情報が足りないなぁ、と詠斗はペン先でノートの端をコツコツとつついた。

情報が入らない以上話は前に進まないので、ここで詠斗は論点を変える。もう一つ、美由紀は『友人が警察から疑われている』という話もしてくれていた。

疑われている、という表現にどの程度の信憑性《しんぴょうせい》があるかは一旦棚上げするとして、少なくとも警察は殺人事件の可能性も視野に入れて捜査を進め、その過程で美由紀の友人に嫌疑をかけるに至ったのだろう。詠斗の知らない、何か殺人を疑うきっかけとなった手がかりを警察はすでに掴んでいるのだ。

美由紀のたどった記憶によれば、犯人は彼女よりも背の高い男性であるらしい。しかし警察は女性である松村知子から事情を聞いているという。つまり、警察は何らかの手がかりから美由紀の死を殺人と断定し、彼女の交友関係を広く調べた結果、村松知子を疑うべき事実を掴んだということか。だとすると、美由紀の証言と警察の見解は食い違っているということになる。

もちろん、本当に犯人が男性であるかどうかは美由紀の証言の曖昧さゆえに不確定要素としか言えない。けれど、警察が女性を疑っているのなら、犯人は男性だと主張する美由紀の証言があれば少しでも捜査に役立ててもらえるのでは、と詠斗の頭に光り輝く妙案が舞い降りる。しかし、次の瞬間にはそれを自ら否定することになった。

如何《いかん》せん、美由紀の証言というのはすなわち死者の言葉なのだ。先ほどの紗友と同様、捜査員を信じさせる手段がない。何が妙案だ、と詠斗は自らの馬鹿げた思考にうんざりした。

はぁ、と無意識のうちにため息が漏れ出る。

いくら死者の声が聴こえるからといって、すぐさま犯人を見つけられるわけじゃないことを詠斗は思い知らされた。このまま一人で考え続けていても埒《らち》が明かないということも。

――やっぱり、話してみるしかないよな。

脳裏にある一人の男の顔が浮かぶ。自然と、詠斗の表情が曇った。

先ほど美由紀に『相談してみます』と言ってしまったが、詠斗にとってその人物はできることなら頼りたくない相手だった。けれど、今回のことは自分一人ではどうにもならない問題なのだとたった今深く理解したばかりだ。彼の力を借りないわけにはいかないだろう。

もう一度、今度は自分の意思でため息をつく。

授業が終わったら一度連絡を入れてみるか、と気の進まない心をどうにか前向きにさせ、詠斗はいつの間にか黒板いっぱいにびっしりと書かれていた数式をノートに写し始めた。


放課後。

まっすぐ校門に向かって歩いていると、誰かが駆け寄ってくる気配を感じた。次の瞬間には肩を叩かれていて、振り返るとそこには紗友の姿があった。普段ならバスケ部の練習のために体育館へと向かっているはずの紗友だったが、今二人がいる場所は体育館からやや遠い。

「ねぇ、さっきの話の続きだけどさ」

「さっきの話？」

「その……美由紀先輩のこと」

あぁ、と詠斗は少し面倒くさそうに短く答える。

「言ったろ？　もう少し状況がはっきりしてきたら話すって」

「嘘《うそ》。詠斗がそう言って逃げるときは、いつまで待っても話してくれないもん」

私を欺《あざむ》けると思ってるの？　とさっきも聞いたようなセリフが今度は顔に書かれている。詠斗はため息をついた。

「……先輩を殺した犯人を見つけてほしいって」

浮かない顔で美由紀の願いを伝えると、紗友は驚きに目を大きくした。

「ちょ、ちょっと待ってよ！　詠斗が聴いたっていう先輩の声、そんなこと言ってたの!?」

「そう。なんでも、お友達が警察に疑われているのが気に入らないんだとか」

「お友達って？」

「何て言ったかな？　えっと……松村さん、だったっけ」

「松村？　松村知子先輩のこと？」

「またお前の知り合いかよ……」

「知子先輩は女バレの部長。美由紀先輩とは二年の時に同じクラスで、女バレ内でもあの二人は特に仲がよかったはず」

同じ学年の人間関係ならともかく、一学年上の諸先輩方に関するそういった情報は一体どこから仕入れてくるのか。訳知り顔の紗友を前に、詠斗はくしゃりと髪を触る。

「先輩が言うには、その松村さんって人は犯人じゃないらしいんだ。で、松村さんの無実を証明するためにどうしても真犯人を見つけたい。だから協力してほしい、ってのが先輩から頼まれたことの全容」

結局べらべらとしゃべってしまったことを若干後悔しながら、どうしていつもこうなるのかと詠斗はまた一つ息をつく。

「なるほどね……。それで？　律儀にそのお願いを聞いてあげることにしたわけ？」

「……一応、やれるだけのことはやろうかと」

正直に答えると、はぁ、と大きなため息をつかれた。

「もう、何安請け合いしてるのよ!?　殺人事件の捜査なんて、素人の高校生にできるはずないでしょ！」

「そんなこと俺にだってわかってるよ！　けど……」

そっと視線を右に逸らし、詠斗は少し間をおいてから再び口を開いた。

「せっかく、聴こえたから」

逸らした視線をもとに戻し、もう一度詠斗は紗友の目をまっすぐに見る。

「俺にしか聴こえない声なんだ。俺が聞き届けなきゃ、先輩の想いはいつまで経っても報われないだろ？」

真剣な眼差しを向けると、同じように真剣な視線が返ってくる。互いに逸らすことはなく、しばしの沈黙が二人の空間を支配する。

「わかった」

凛《りん》とした顔をして先に口を開いたのは紗友だった。

「だったら、私も手伝う」

「は？」

この回答はとうに想定済みだったはずが、なぜか詠斗はうまく対応することができなかった。

「な、何言ってんだよ。お前は関係ないだろ！」

「ダメだよ！　詠斗一人で事件の捜査なんて、そんな危ないことさせられないもん！」

「はぁ!?　なんでお前にそんな保護者みたいなこと言われなきゃなんねぇんだよ！」

「××××××！」

気持ちが高ぶるせいでどんどん早口になっていく紗友の言葉をついに読み取ることができなくなって、詠斗はおもいきり顔をしかめた。その様子に気づいた紗友は顔色を変え、胸に手を当てて一度深呼吸をしてから、改めて詠斗に向かって言った。

「当たり前でしょ——私が、詠斗の耳になるんだから」

その一言に、詠斗はごくりと唾を飲み込んだ。

あの日。

詠斗の耳が音を完全に失った日。

紗友は泣きながら、今と同じ言葉を詠斗に告げた。

そして今でも事あるごとに、詠斗の前でそう口にする。何度突き放しても紗友が諦めることはなくて、そのたびに、詠斗の心はじわりじわりと締めつけられてしまう。

「ダメだ」

はっきりとした口調で言い切った。

「これは俺の問題だ。お前には関係ない」

「関係なくない！」

「関係ないって!!」

声を張り上げると、さすがに紗友も黙らざるを得ないようだった。うっすらとその瞳を潤ませているようにも見える。

「……願うだけでいい」

静かに言って、詠斗は柔らかく微笑んだ。

「願っててくれ、俺が無事に犯人を見つけられるように。それで十分だ」

いつも紗友がやってくれるように、ぽんぽん、と詠斗も紗友の肩を優しく叩く。

「早く行けよ。もう練習始まってるんじゃないか？」

じゃあな、と片手を挙げて別れを告げると、詠斗は紗友に背を向けて再び校門を目指して歩き始めた。紗友がしばらく背中を見つめていたことに気づいていたけれど、振り返ることはしなかった。

帰りの電車に揺られながら、携帯のメッセージアプリを使って会って話がしたい旨《むね》の連絡を入れた。すると、
【五秒で仕事を終わらせて帰る。うちで飯《メシ》を食っていけ。母さんと穂乃果《ほのか》にはこちらから連絡しておく】
という返事が三十秒と経たずに返ってきた。詠斗はぐっと眉根を寄せる。
暇なのか？　と一瞬思ったが、刑事部所属の現役刑事が暇であるはずがないことくらい詠斗だって知っている。しかし、今詠斗が相手にしているのは仮に暇でなかった

としても詠斗のためなら無理にでも暇を作るような男だ。ならばやはり、と詠斗は眉間のしわを深くした。

「……だいたい、五秒で終わる仕事って何だよ。単に仕事を放り出して帰ってくるだけだろ」

一気に重たくなった頭に、指の腹でこめかみをぐりぐりと押さえつける。知らぬ間にこぼれ落ちていた独り言に近くの乗客が首を傾げていたことには気がつかなかった。

詠斗は実家で両親と三人暮らし。今から向かうのは実家からほど近い六階建てマンションの四階。新婚夫婦の愛の巣だ。

一応自分からも母親に連絡を入れ、直接目的地のマンションへと向かうことにした。心の準備が必要なため、彼の帰宅よりも早くゆとりを持って到着しておきたいと思いながら、車窓を流れゆく景色を眺める。

最寄り駅に到着し、歩くこと約十分。マンションのエントランスホールをくぐると、そこにはオートロック式の自動ドア。迷わず左側の壁面に設置されているカメラ付きインターホンの前に立ち、『四〇五』とその部屋の番号のボタンをプッシュする。『呼出』ボタンを押すとインターホンの音が鳴るのだが、本当に鳴っているのかどうか詠斗にはわからない。

すぐに応答してもらえ、自動ドアがひとりでに開く。さっと通り抜け、エレベーターを使って四階へ。降りて少し右手のほうへ歩いていくと、目的の部屋の前に女性が一人立っていて、にこやかに出迎えてくれた。

「いらっしゃい、久しぶりね」

吉澤穂乃果。詠斗にとって、義理の姉にあたる人物である。

入って、と促されるまま、詠斗は穂乃果に続いて部屋の中へと上がった。このマンションに越してきてもう一年になるはずだが、廊下もリビングルームも相変わらず少しの汚れも目立たないなと詠斗は感心してしまった。

ちなみに詠斗がここへ来るのはかれこれ半年ぶりになる。前回ここを訪れた時は両親も一緒だった。

「だいぶ立派になったね、おなか」

そう。半年前、穂乃果の妊娠を祝う会に呼ばれたのが、詠斗がこの家に足を踏み入れた最後の日。あの時はまだ見た目にはまったくわからなかったが、今の穂乃果はすっかり妊婦らしい姿になっていて、それだけで微笑ましい気持ちになれた。

「でしょー？　もう八ヶ月だもん。今でも重たいのに、ここからさらに大きくなると思ったらちょっと恐ろしいくらい」

ははっ、と幸せそうに笑いながら優しくおなかをさする穂乃果。詠斗もつられて笑顔になる。

「なでてやってよ、詠斗も」

ほら、と手招きされるまま、詠斗は穂乃果のすぐ前に立つ。どこで聞いてきたのか、穂乃果が言うにはたくさんの人の手でおなかに触れられることによって胎児はどんどん元気になるらしい。何かのおまじないなのだろうが、気持ちが不安定になりがちな妊婦にとっては、前向きな迷信なら信じるほうがいいのかもしれない。

ちなみにもう性別はわかっていて、どうやら男の子で間違いないようだ。ふたを開けてみたら実は女の子でした、なんて話も稀《まれ》にあるようで、念のため男の子用と女の子用とで名前を二つ考えているらしいと母から聞かされていた。

「……元気に……生まれてくるんだぞ」

わずかに目を細め、詠斗はそっと穂乃果のおなかをなでてやる。すると、何を思ってそう言ったのか穂乃果に悟られたようで、「こら」とすかさずデコピンが飛んできた。

「痛《い》って……！」

「変なことを考えない！」

両手を腰に当てて説教じみたセリフを浴びせるも、すぐに穂乃果はその表情を崩して笑った。

「座って。あの人が帰ってくるまでゆっくりしてなさい」

おなかの大きさを感じさせない軽やかな足取りで、穂乃果はカウンターキッチンへと向かう。言われるがまま、詠斗は四人がけのダイニングテーブルに着いた。

当然ながら、傑《すぐる》がすぐさま仕事を終わらせて帰宅することなど不可能だ。職場からの距離も考え、小一時間ほど待たされるだろうと予想した。

せっかく時間ができたからと、詠斗は先ほど自主的に放棄した午後の授業を取り返すべくテーブルの上に教科書とノートを広げ始める。自習を進めながら時折穂乃果とも会話を交わした。夕飯を先にとったほうがいいか、それとも美由紀の話を先にすべきか、なんてこともぼんやりと考えつつ、待つことおよそ一時間。予想通りのタイミングで、リビングの扉が開かれた。

「おぉ、待たせたな」

現れたその人の目がいつになく輝いていて、詠斗は条件反射で眉間にしわを刻んだ。

「久しぶりじゃないか、詠斗」

爽やかな笑顔で微笑みかけてくるのは、吉澤傑。ちょうど一回り歳の離れた詠斗の兄である。

何やら穂乃果と言葉を交わしながら、傑はスーツの上着を脱いだ。所定の場所へきちんとしわを伸ばすようにかけると、まっすぐダイニングテーブルへとやってきて詠斗の真正面に座った。

「どうだ？　調子は」

始まった、と詠斗は軽く息を吐き出した。

「いいよ、問題ない」

「飯はちゃんと食ってるのか？」

「うん」

「学校の授業はどうだ？　ついていけているか？」

「うん」

「新しいクラスは？　嫌なヤツはいないか？」

「うん」

「担任の先生は、きちんとお前のことを理解してくれそうか？」

「うん」

「お前は困ったことがあってもすぐに自分で何とかしようとするからな。先生や友達をしっかり頼るんだぞ」

「うん」

「何も先生でなくてもいい。お前には僕がついている。いつでも相談してくるといい」

「うん」

「ところで、紗友とはうまくいっているのか？」

「うん。……ん？　え？」

つい流れで頷いてしまったが、最後の質問はどういうことか。

「紗友？　紗友が何だって？」

「うまくいっているのかと聞いたんだ」

「……意味がわからない」

正直な気持ちを答えると、傑はなぜか満足げな顔で笑った。

「変わらないようで何よりだ」

どこらへんが〝何より〟なのかいまいち理解に苦しむが、下手に刺激するといつまで経っても本題に入らせてもらえないだろうと判断し、詠斗は仕方なく口をつぐむことにした。何か変な勘違いをされているような気がしてならないのだが、こういうことは気にしたら負けだ。無視を決め込む。

とにかくこの吉澤傑という男、昔から詠斗のことが気になって気になって仕方がない兄なのだ。それどころか母親に勝る勢いで詠斗に対して世話を焼きたがり、社会人になってからは母親を差し置いて自ら授業参観に出席しようとしたこともあった。全力で拒否したらすっかり拗《す》ねてしまい、さすがに申し訳なくなって結局詠斗が折れる羽目になり、当の傑は満面の笑みで授業参観に足を運んだ、という具合だ。

ただ、彼がそこまで詠斗に執着するのには理由があった。詠斗が生まれたのは、傑が『どうしても兄弟がほしい』と両親に頼み込んだおかげなのだという。そうして授かった念願の弟が生まれてみれば耳に病を抱えていて、いずれは聴力を失う運命にあると聞かされれば、彼なりに思うところがあったのだろう。詠斗が生まれて以来、とにかく詠斗の世話をすることに毎日全力を注いでいたのだそうだ。詠斗が生まれた時の傑は小学六年生。友達と遊ぶよりも詠斗との時間を大切にするような兄だった。

幼い頃はそんな兄が大好きだったのだけれど、小学校も高学年になってくるとさすがにうっとうしさが芽生え始め、兄による必要以上の世話焼きをかわすことばかりが上達してしまっていた。

それでも、兄を嫌いになることはなくて。

好きなのだけれど、自立を阻害されるのは困るなぁ、なんて思ってしまう詠斗なのである。

「それで?」

傑は椅子の背に体重を預けながら詠斗に尋ねる。

「あぁ……うん」

ようやく本題に入らせてもらえるようで安心したのもつかの間、いざ話そうとするとどこから話せばいいのかわからない。それ以前に、兄は自分の話を真面目に取り合ってくれるだろうかという根本的なところから不安になる。ちょうど美由紀と話していた時に出くわした紗友ならともかく、今この場で傑を説き伏せられるだけの自信を、詠斗は今一つ持つことができないでいた。

「なんだ、聴こえるはずのない幽霊の声でも聴こえたか？」

言い淀《よど》んでいると、傑が唐突にそんなことを言い出した。

ぽかん、と詠斗は口をあけ、思わず兄の目を凝視する。

「ほう、図星か」

これは面白い、と楽しそうに笑う傑。すると、麦茶の入った三人分のグラスをお盆にのせてダイニングテーブルへとやってきた穂乃果がぴたりとその足を止めた。気配に気づいた詠斗が顔を向けると、信じられない、といった風で穂乃果はその場に立ち尽くしていた。ややあってからようやくグラスを順に並べ、驚きを隠すことなく傑の隣に腰を落ち着けて言った。

「嘘でしょ……？　本当なの？　詠斗」

うん、と詠斗は素直に頷く。

「亡くなった高校の先輩の声を聴いたんだ。それ以外の音は今まで通り何も聴こえない」

正直に話すと、傑と穂乃果が目を大きくして顔を突き合わせた。

言い当てられたことにも驚いたが、いつもながら説得する手間をかけさせないところは〝さすが〟の一言に尽きるなと詠斗は兄の横顔を見ながら思った。昔から兄の勘のよさに何度も助けられてきたが、助けを通り越して迷惑だったことも少なくないため、つい渋い顔をしてしまう詠斗である。

ふむ、と小さく頷きながら傑はスッと立ち上がり、上着とともに所定の場所へかけられていた鞄の中から何やら取り出して戻ってきた。

「欲しいのはこいつだろう？」

手渡されるまま受け取ると、それは一冊のファイルだった。

「先日起きた創花高校の女子生徒が殺された事件の捜査資料だ」

「えっ!?」

まさしく望んでいたものを何の疑いもなく差し出してきた傑に、詠斗は驚愕の目を向けた。

「どうして……？」

「簡単なことだよ。悲しいことではあるが、お前から僕に連絡を入れてくるなんていうのは余程のことがない限りあり得ない。最近お前の周りで起きた〝余程のこと〟といえば、お前が通う高校の生徒が殺された事件くらいなものだろう？　僕が刑事であることを勘案すれば、何かその事件絡みのトラブルに巻き込まれて困っているから助けてほしい、という道筋が自然と浮かび上がってくるわけだ。まさか殺人の被害者の声が聴こえたなんて言い出すとは思わなかったけどな」

楽しそうに笑う兄を前に、詠斗は小さく息を吐き出した。ぐうの音も出ない。いつだって傑は、詠斗の一歩先を胸を張って歩いていく。

「××××××!?」

兄の隣で、目尻をつり上げた穂乃果の口がぱくぱくと動いた。ちょっと早口ではっきりとはわからなかったけれど、何を言ったのかはだいたい想像できる。おそらくは「何勝手に捜査資料を持ち出してるのよ!?」とか、そんなところだろう。

穂乃果と傑とは高校時代からの付き合いで、実は穂乃果も元警察官である。一六五センチと女性にしては長身で、昔から刑事になるのが夢だったらしい。しかし実際は傑にその夢を託す形であっさり寿退職してしまって、詠斗をはじめ家族や周りの人間をひどく驚かせたのだった。現役時代、所轄の交通課で〝ミニパトの魔女〟と渾名《あだな》されていたと傑がこっそり教えてくれたのだが、気が強く、何事もてきぱきとこなす器量の持ち主で、おまけにスレンダー美人でもある穂乃果にはあまりにもぴったりで、言い出した人に拍手を贈りたいと思った。

「所轄の刑事課に知り合いがいてな。『創花に通っている弟が何やら困っているらしいから助けたい』と言ったらあっさり提供してくれたよ」

「嘘ね、どうせ脅し取ってきたんでしょ」

「人聞きが悪いことを言うな。ちょっと横っ腹をつついてやっただけでやましいことは何も」

「はいはい、盗んだ事実は変わらないからもう結構です」

「む、盗んでなどいないぞ？　ちょっと拝借しただけだ」

「もう、上にバレたらどうするつもりなのよ⁉」

「どうもしないさ。バレないのだからな」

「あのねぇ……！」

はっはっは、と快活に笑う傑に、まだ何やらブツブツと口にしている穂乃果。楽しそうで何よりですね、とでも言ってやるべきだっただろうか。詠斗は無意識のうちにため息をついていた。

「さて」

そう言うと、傑は改まった様子で詠斗と向き合った。

「話を聞かせてもらおうか……お前は一体、どんな声を聴いたんだ？」

兄に促されるまま、詠斗は起こった出来事のすべてを順序立てて話して聞かせた。

唐突に、美由紀の声が聴こえ始めたこと。美由紀が見知らぬ男に殴り殺されたこと。彼女の友人が警察に疑われて困っているらしく、真犯人を突き止めてほしいと頼まれたこと。

「男、なのか？」

話し終えたところで、傑は早速詠斗からもたらされた情報をつまみ上げた。

「うん。先輩が言うには、振り返ったら自分よりずいぶん大きかったからきっと男だろうって」

「資料を開いてみろ」

言われるままに、詠斗は手渡されていた捜査資料の一枚目をめくった。

そこには美由紀のプロフィールが書かれており、おそらく生徒手帳のものと思われる顔写真が添付されていた。

――この人が、羽場美由紀先輩。

詠斗はこの時ようやく美由紀がどんな顔をしているのかを知った。なるほど、あの穏やかな口調がよく似合う、良家のお嬢様っぽい綺麗な人だ。

写真で見てもわかるくらいのつや髪は黒く、胸の少し下あたりまでまっすぐに伸ばされている。くるりと丸い瞳にきゅっと小さな鼻と口。胸までの姿であっても細身の体形であることは十分見て取れた。実際プロフィールに目を落としてみると、身長一五三センチとかなり小柄だ。おそらくは体重もそれなりの軽さだろうと容易に想像できる。幽霊には足がない、なんて話はよく聞くけれど、先輩の足はきっと細くて綺麗だったんだろうな、なんてことをつい思い浮かべてしてしまう。

「鼻の下を伸ばしている場合じゃないぞ、詠斗」

広げた資料にかかっていた手を叩かれたので顔を上げると、傑は真面目くさってそんな言葉を投げてきた。

「なっ、どうしたらそういう発想になるんだよっ」

と返しながらも、美由紀の足もとを想像していたなんて口が裂けても言えないなと思う詠斗である。傑はまたしても満足そうな顔で笑った。

「何か気づかないか？　それを読んで」

そう問われるも詠斗にはすぐにピンとくるものはなく、そんな顔をして兄を見やる。

すると、傑は穂乃果のほうへとわずかに顔を向けた。

「それでは穂乃果くん。君の意見を聞こうか」

少し目を大きくした穂乃果は詠斗から資料を受け取り、詠斗と同じく一ページ目にざっと目を通した。

「あぁ、なるほどね。詠斗がこの被害者の女の子から聞いた話だけでは、犯人が男だとは言い切れないってことでしょ？」

「ご明察」

「えっ、何で？」

何やら分かり合っている夫婦の間で、詠斗だけが眉間にしわを寄せていた。

「もう一度よく読んでみろ。特に被害者の身体的特徴について」

厳しいお兄さんだこと、と肩をすくめながら穂乃果が再び資料を手渡してくる。答えがわかっているならさっさと教えてくれればいいのに、と心の中だけで悪態づきながら、詠斗はもう一度資料に目を落とした。

身体的特徴に着目しろ、と兄は言う。そう言われるも、詠斗にはピックアップすべき特別な情報はないように思えた。しいて言えば、女子の中でも身長が低めという点くらいだろうかと考えたところで、ふと、ある一つの可能性に行き着いた。

「……そうか」

ぱっと詠斗は顔を上げる。

「先輩の身長は一五三センチ。仮に先輩より十センチ背が高かったとしても一六三センチ。これなら女性の平均身長程度だし、一七〇センチある女性だっている。〝ずいぶん〟という先輩の言葉を信じるにしても、それだけで男性だと決めつけるには心もとない」

「その通りだ。何か他に男性らしい特徴を思い出せるのであれば、それを聞き出して手がかりにするのがいいだろうな。今のところ有力な目撃情報もないという話だし」

「わかった、明日聞いてみる」

「……ねぇ、詠斗」

少し不安げな表情で、穂乃果がそっと口を挟んだ。

「本当に聴こえたの？　その……被害者の霊の声が」

やっぱり信じられない様子の穂乃果。昼間の紗友と同じ顔だ。詠斗は肩をすくめた。

「俺も未《いま》だに信じられないよ。さっきも言ったけど、先輩の声以外は相変わらず何も聴こえないままだし」

「嘘でしょ……？　幽霊の声ってあんた……」

穂乃果は額に手を当てた。うーん、とうなっているようだ。

「いいじゃないか、どんな声だって」

傑が凛々しい顔つきで言う。

「音のない世界にいるよりは、少しでも声の届く場所にいられたほうがずっといいだろう。それが、たとえこの世に存在しない者の声だったとしても」

な？　と兄は悟ったような目を向けてくる。詠斗は小さく息をついた。

まったく、こうもあっさり心を読まれると居心地が悪くて仕方がない。いっそ穂乃果や紗友のように信じられないという顔をしてくれていたほうがましな気さえした。

気を取り直して、詠斗は事件の話に論点を戻した。

「なぁ兄貴、どうして警察はこれが殺人事件だって判断できたんだ？」

「ん？　どういう意味だ？」

「俺は直接先輩から誰かに殴られたって話を聞いたから殺人事件だってことがわかっ

てるけど、警察はそうじゃないだろ？　それに先輩は、階段の上で殴られたはずなのに遺体が階段の下に移動していたってことも教えてくれた。そんなこと、美由紀先輩から聞かなきゃわからないんじゃないのかなって……」

「警察を甘く見てもらっては困るぞ、詠斗」

難しい顔をする詠斗とは対照的に、傑の表情からは自信の色が窺《うかが》えた。

「簡単に説明しよう。被害者である羽場美由紀の遺体だが、体のあちこちに擦り傷などの損傷が確認されている。遺体発見場所が全長三十メートルほどある階段の最下段だったことと、その階段にところどころ被害者の血液が付着していたことから、損傷の原因は階段から転がり落ちたことによるものと考えてほぼ間違いない。ただ、それらの外傷とは明らかに別段階でついたと思われる傷が頭部に見られた。そして、その頭の傷というのは鈍器によって殴打されたものである可能性が極めて高い」

つまり、と傑は右の人差し指をピンと立てた。

「一見すると誤って階段から転落したと判断されそうな状況で、はじめは事故や自殺を主張する者もいた。しかし、検視結果を見れば羽場美由紀が何者かの手によって殴り殺されたことは明らかだ。当然、死因も頭部外傷による脳挫傷。凶器とみられる鈍器は現場に残されておらず、遺体発見現場に残っていた血痕の様子などから、被害者は別の場所で殴られたのち、現場まで運ばれたのだろうと捜査員は結論づけた」

「ということは、犯人が美由紀先輩の遺体を運んだ理由って……？」

あぁ、と傑は頷いた。

「確実にそうだと言えるわけではないが、犯人は殺人を事故に偽装する目的で遺体を階段の上から転がしたとみていいだろうな」

やっぱり、と詠斗は声を漏らした。遺体に損傷があったのであれば偽装工作を疑うのが筋だろう。ぼんやりとした可能性ではあったが、自分の考えが警察の見解と一致していたことに詠斗は小さな喜びを感じた。

続けるぞ、と傑は詠斗の意識を自分に向けさせてから話を再開した。

「死亡推定時刻は午後九時から十一時頃。その日、被害者は塾に行っていて、授業を終えたのが午後九時三十分、具体的に塾を出て帰路についたのは午後九時三十五分。塾は自宅マンションから十ほど近く、いつも徒歩で通っていたことから、事件が起きたのは午後十時前後であると推定される。現場は被害者が塾に通う際にいつも利用するルートだと被害者の母親が証言している。その証言から被害者が実際に殴打されたとみられる現場は割れていて、例の階段からはおよそ百メートル離れていた」

えっ、と詠斗は思わず声を上げた。

「百メートル？　犯人は殴り殺した先輩を担いで百メートルも歩いたってこと？」

「そういうことになるな。もともと人通りの少ない細い裏路地で、地元の人間は抜け道としてよく利用するところらしい。大それたことをした割に目撃証言が上がらなかったのはその辺りの事情が絡んでいるんだろう」

夜道なんだからもっと広くて明るいところを通ればよかったのに、と今さらながらいらぬ世話を焼いてしまう詠斗である。ともすれば美由紀先輩が一番後悔しているかもしれない、まさか殺されるなどとは夢にも思っていなかったのだろうな、と少しだけ同情の念が湧いた。

「犯人は先輩がいつもその道を通ることを知っていて、犯行に及んだのかな……？」

「その可能性ももちろん考え得るし、通り魔殺人の線も完全には捨てきれないのが現状だ。ただし、通り魔による行きずりの犯行だとすると、わざわざ百メートルも離れた階段まで遺体を運んで事故に見せかけようとした理由が説明できない。普通ならその場に放置して現場を離れるだろうからな。となると、犯人は最初から被害者・羽場美由紀を殺すつもりで待ち伏せしていたと考えるほうが自然だろう」

「でも、仮に初めから先輩を事故に見せかけて殺すつもりだったんなら、階段のすぐそばで殴ってそのまま突き落とせば話は早かったんじゃ……？」

「そう、その点も不可解だな。しいて理由を上げるとすれば、被害者の自宅であるマンションの向かいには小さな公園があり、例の階段はその二つに挟まれていて、公園の周りには街灯がいくつか設置されている。マンションの各部屋から漏れる明かりもあって、実際の殺害現場と比べて階段付近はかなり明るく、それなりに開《ひら》けた場所だった。通行人にせよマンションの住人にせよ、殴打する瞬間を目撃される可能性はぐんと上がる」

「でもそれって、先輩を運ぶ瞬間だって見られたら困るわけだから結局は同じことだろ？」

「そうなんだよ」

傑は肩をすくめた。

「だから現場の捜査員は手を拱《こまね》いているというわけだ」

この状況じゃそれも仕方がないことだよな、と詠斗は頷き返すことしかできなかった。

「もちろん、殺人事件であるからには被害者の交友関係などを徹底的に調べ上げる。その中で名前が挙がったのが被害者の友人である松村知子だ。なんでも、松村が事件の前日、被害者と激しく言い争っていたのを同じ創花の生徒が目撃しているらしくてな」

「言い争い？　二人はケンカしてたってこと？」

美由紀の話の中にはなかった情報がもたらされ、詠斗は眉をひそめた。

「そういうことだろうな。お前が被害者から聞いた話じゃ松村知子は犯人ではないということだが、彼女は身長一六七センチ。女子にしては大柄で、男と勘違いしたとしてもおかしくはない」

「けど、先輩は松村さんと特に仲がよかったって紗友が言ってたし、いくら夜道だからって友達を見間違えたりするかなぁ……？」

「紗友が？」

その瞬間、傑の目がきらりと光った。

「紗友は知っているのか？　お前に被害者の声が聴こえたことを」

「あ……うん、たまたま先輩と話しているところを見られて」

「そいつはいい」

傑はぽんと膝を打った。「何がいいんだよ？」と問いただすも、それ以上傑は何も答えなかった。

「とにかく、現段階で警察による捜査は行き詰まりつつある。お前が本気で事件の真相を追いたいというのなら、被害者の声が聴けるというのは現場の刑事の何歩も先を行くことができる特権だ。あいにく僕が担当している事件じゃないから今すぐに的確なアドバイスをしてやることはできないが、被害者からもっと証言を引き出せれば事件は自《おの》ずと解決に向かうだろう」

そう言って、傑はふわりと微笑んだ。

「何かわかったら知らせてくれ、その時はできる限り協力しよう」

詠斗は小さく息をつく。

ここまで理解がありすぎるのもどうなのだろう。頼もしいような、ただ純粋に状況を楽しんでいるだけのような。

それでもやっぱり兄の言葉は嬉しいものだと思えてしまって、素直じゃないな、と自ら苦笑いしてしまう詠斗なのだった。

「ありがとう、努力するよ」

うっすらと笑みを浮かべて答えると、傑は満足そうに頷いた。その隣で、穂乃果がまったく納得できていない様子で眉間にしわを寄せていた。

「ん？」

次の瞬間、唐突に傑が席を立ち、鞄のかかっている場所へ向かった。中から携帯を取り出して、すぐさま耳に押し当てる。その真剣な姿に穂乃果もさっと立ち上がり、キッチンへ戻って弁当箱を手にすると、夕食の一部をせっせと詰め始めた。

二人の様子から察するに、兄が取った電話は臨場要請。何か事件が起きたのだ。

「まずいことになったぞ、詠斗」

通話を終えて詠斗に視線を送ると、傑は神妙な面持ちで電話の内容を端的に伝えた。

「また創花の生徒が殺されたらしい——これで二人目だ」

第二章　仲間とともに

詠斗が殺された創花生が誰であるかを知ったのは、翌日登校してすぐのことだった。

学校中が騒然とした雰囲気に包まれていて、あちこちで生徒達が肩を寄せ合っては言葉を交わしている様子が目に飛び込んでくる。たとえ詠斗にその声が聴こえなくとも、会話の内容は自ずと伝わってきた。

怖いよね、どうして死んだの、誰が殺したんだろう、次は一体誰が……。

迫りくる恐怖、湧き上がる不安と緊張。生徒達の怯《おび》える心で学校中の空気はどこまでもピンと張り詰め、詠斗自身もその異様な空間の中でうまく身動きがとれずにいた。

「詠斗」

たたっと机と机の間を縫って近づいてきた紗友が、詠斗の正面にしゃがみ込んでから声をかけてきた。その顔はいつになく強張っており、机の上に置かれた手の指先もわずかに震えているように見える。

「今度は三年生の×××先輩だって」

新たな被害者の名前を教えてくれようとしたのだが、どうやら上級生の名前らしく、何と言ったのかわからなかった。

「な・か・た！」

眉間にしわを寄せてみせると、紗友は一文字一文字区切りながらその名を口にし、指で机にひらがなを書いてくれもした。

「なかた？」

「そう、三年の仲田翼《なかたつばさ》先輩」

今度は漢字でその名前を机に書く。なるほど、仲田翼か、と思った詠斗だったが。

「……誰？」

「いやいやいや、さすがに知ってるでしょ？　あの不良集団のボスだって」

あぁ、と詠斗はなんとなくその顔を思い浮かべた。あの人、仲田って名前だったのか。

「胸を刺されたんだって……怖いよね」

そこまで詳しく知っているのも十分怖いと思うのだが、と詠斗はぐっと眉を寄せる。毎度ながら彼女は、そのような情報を一体どこから仕入れてくるのか。

「美由紀先輩と仲田先輩、全然繋《つな》がりなさそうなのになぁ……確か二年の時のクラスも違ったはず」

「まだ同一犯と決まったわけじゃないだろ？　たまたま創花生が続けて被害に遭っただけかもしれないし」

「あり得る？　そんなこと」

「これが三人、四人と続いているのなら関連を疑う他にないだろうけど、今の段階では偶然で押しきれないわけじゃない」

「でも……」

紗友は食い下がろうとしたが、チャイムが鳴ったのだろう、ちょうど担任教諭が姿を現したのでそれ以上何も言わずに自分の席へと戻った。

午前中、詠斗は昨日に引き続いて授業をそっちのけにし、紗友の話を振り返っていた。

二人目の被害者は胸を刺されて殺されたのだと紗友は言った。

一人目の羽場美由紀とは手口が違う。刺殺ならば、美由紀の時のように事故に見せかけることは難しいだろう。二つの事件が同一犯による犯行だとすると、ここまで殺害方法に違いが出てくるものだろうかと、詠斗は首を捻らざるを得なかった。

少し見方を変えてみる。もしも犯人が同一犯の可能性を警察に否定させるためにわざと別々の手口を使ったのだとしたら？

だとすれば犯人は、事前に綿密な計画を立てた上で事に及んでいるということにならないだろうか。ものすごく用意周到な犯人だな、と自分で考えておきながら詠斗は半ば感心するように小さくうなり声を上げた。

もちろん、美由紀殺害とはまったく別の意思が働いていて、たまたま同じ創花生が立て続けに殺された可能性だって否定できない。いずれにせよ、現段階では判断材料に乏しすぎる。詠斗は無意識のうちに首を横に振っていた。

そんなことを考えているうちに、昼休みの時間がやってきた。アラームがセットされていることを確認しようと携帯をズボンのポケットから取り出すと、傑からのメッセージが届いていた。

【羽場美由紀と仲田翼の交友関係を探ってくれ。二人の間に共通する人物がいればピックアップしてくれるとありがたい】

「おいおい……」

要するに、詠斗を使って美由紀から直接情報を引き出そうという腹づもりなのだ。思わずため息が出る。まったく、いざ自分が事件の担当になったら途端にこれだ。

しかし、やはり警察も美由紀と仲田翼の事件に繋がりを探ろうとしているようだ。自分の考えがあながち間違いじゃないことに、詠斗は少しだけ安心することができたのだった。

屋上に出ると、今日は風がひんやりと冷たかった。濃紺のブレザーは比較的地厚い作りだが、風をまったく通さないわけではない。春が来たとはいえ、まだ暖かさの安定しない四月の空で薄い白雲がゆったりと流れていた。

『お待ちしていましたよ』

びくっ、と思わず肩を震わせてしまった。見えないところから急に声をかけられるのってこんなにも恐いことだったっけ、と詠斗は跳ね上がった心臓を落ち着けようと大きく息を吸い、気持ち長く吐き出した。

　耳が聞こえていた頃のことを少しずつ忘れていく自分に落胆しながらも、詠斗は努めて笑顔で宙を仰いだ。

「こんにちは」

『こんにちは、エイトさん』

　突如として降ってきた言葉に、いつも通りベンチに向かっていた詠斗の足がぴたりと止まった。

「……そういえば俺、名乗りましたっけ」

『いいえ。ですが、紗友ちゃんが昨日あなたのことをそう呼んでいましたから』

　紗友ちゃん、と美由紀はさも当然のように言う。紗友と美由紀は本当に知り合いのようだ。

「すみません、吉澤詠斗っていいます。詠はごんべんに永遠の永、斗は北斗七星の斗」

『詠斗さん。綺麗な名前』

「そうですか？　言われたことないです。響きだけで言えば数字の八だし」

『グローバルな発想ですね』

「グローバルっていうほどでもないでしょう」

　このご時世、eight 程度なら幼稚園児でも知っていますよと言ってやろうとしたけれど、大人げないかなと思い直してやめる。止めていた足を再び動かし、ベンチに腰かけていつものように弁当箱を広げた。天の声は何も言ってこないので、詠斗も黙って箸を進める。

『また一人、亡くなったそうですね』

　しばらく沈黙の時が続いていたが、先に口を開いたのは美由紀だった。

『仲田翼さん……お話ししたことは一度もありませんでしたけれど』

「そうなんですか？」

　思いがけず美由紀のほうから情報をもたらしてくれた。いいタイミングだ、このまま倖から課されたミッションに取り組もうと詠斗は箸を握る手を止めた。

『はい。お顔は時たま拝見しましたけれど、何せ仲田さんはあまり学校に来ていませんでしたからね』

「本当ですか？　それ」

『えぇ、今の三年生ならみんな知っていることかと。黒い噂《うわさ》の絶えない方ですからね、彼は』

「黒い噂？」

　何やら不穏な空気が流れ始める。胸を刺されて殺されるだけの理由が仲田翼にはあったということだろうか。

『中学の頃から悪いことばかりしてきていたようですよ。聞くところによると、街で誰かを恐喝しているところを見た人がいるとか、いないとか』

「恐喝……」

なるほど、と詠斗は思考を巡らせた。日常的に人を脅して金を巻き上げていたのなら、相手によっては殺してしまいたいと思うこともあり得るか。

「脅されていたほうが誰なのかは？」

『さぁ、そこまでは』

ですよね、と詠斗は肩をすくめた。話したことがないという人物についてそこまで詳しく知っているなんてことは通常ならば考えられない。そんなこともあるかもしれないと思えるのは紗友くらいなものである。

「そういえば、先輩を襲った犯人は男じゃないかもしれないです」

『えっ、そうなんですか？』

「兄がそう言っていました。小柄な先輩より背が高いってだけじゃ男性だと判断できないって。何か男性だと結論づけられるような情報があれば話は変わってくる、とも」

『なるほど、そう言われれば』

そうですねぇ、と美由紀は少し考えるように間を置いた。

『何しろ一瞬の出来事でしたから……確かに、男性だと決めつけるのは早計だったかもしれませんね』

「けど、松村さんじゃなかったことは間違いない？」

『はい、それははっきりとお答えできます。私を殴ったのは知子ではありませんでした』

「その根拠は？」

『ないです』

「え」

『はっきりとした根拠はないですけれど、仮に知子だったのならば気づいていたのではないかと。さすがに私もそこまで阿呆ではありませんから』

根拠もなしに胸を張られても、と詠斗はやはり頭を抱えてしまった。この妙な自信は一体どこから湧いてくるのだろう。紗友といい美由紀といい、女子というのはわからないことだらけだと詠斗は思う。

「……わかりました。では、覚えていることなら何でもいいので教えてもらえますか？」

『そうおっしゃられましても』

「少しは思い出す努力をしてください。真犯人、見つけたいんでしょう？」

『うぅ、痛いところを突いてきますね』

どこが痛いのかさっぱりわからないと思ったが、次の瞬間、詠斗ははたと気がついた。

「……ひょっとして、怖いんですか？」

そう問うも、答えは返ってこなかった。おそらく、真実なのだろう。

詠斗は自分を責めた。どうしてこんな簡単なことに気がつかなかったのだ。いくら犯人を見つけてくれと美由紀から頼まれていたとしても、殺された瞬間のことを思い出せなど無神経にもほどがある。美由紀がどれほどの恐怖を抱いて命を奪われたのか、そのことに思い至れなかったのは完全に自分の落ち度だと、詠斗はそっと視線を下げる。

「すみません、俺……ひどいこと、言ってますよね」

謝罪の言葉を口にするも、やはり返事はないままだ。怒らせてしまったのか、あるいは、泣かせてしまったか。

『……腕時計』

「え？」

唐突に降ってきた美由紀の声は、思いがけない単語を連れてきた。

「腕時計？」

『はい。私を襲った犯人は、右手に腕時計をしていました』

その声は自信に満ちている。余程印象的だったのか、はっきりと思い出せたようだ。

これは大きな収穫である。

「ということは、犯人は左利き？」

『右利きでも右手に時計をする方もいらっしゃるので確かなことは言えませんが、可能性としては高いですよね。何か大きな岩みたいなものを両手で持っていたので、やはり男性だったようにも思えます』

しっかりとした口調で美由紀は一息に述べた。その声に詠斗はどう答えるべきか悩み、再びしばしの沈黙が訪れる。

はぁ、と小さく息を吐き出して、握っていた箸を弁当箱の上にそっと置いた。

「……大丈夫ですか？」

情報提供はありがたいのだが、美由紀の心を思うと胸が痛む。死者にだって、傷つく権利はきっとある。

けれど、詠斗の心配に反して、美由紀からは『大丈夫ですよ』と本当に大丈夫そうな声が返ってきた。

『あの瞬間のことを積極的に思い出したい、とは口が裂けても言えません。怖いと思う気持ちが芽生えていることも事実です。けれど、あなたが私のために一生懸命になってくれていることは十分伝わります。ならば、私だって下を向いているわけにはいきません』

斜め上を仰ぎ見る詠斗の髪を、やや冷たい春風がふわりと揺らす。

詠斗は思う。

おそらく美由紀は今、ただ前だけを見て笑っている。恐怖を押して湛えられるその微笑みにはきっと、計り知れない強さが秘められているに違いないと。

「……強いですね、先輩は」

思ったままを口にすると、『そうですか？』と少しとぼけた声が耳に届く。

『二人だったら、きっと思い出すことはできなかったでしょうね。ただ、それだけです』

その言葉の意味をすくい上げる前に、誰かが背後から近づいてくる気配を察した。おそらくは二人。どちらも詠斗が過去に何度も感じたことのある気配だ。

「よぉ」

肩を叩かれる前に振り返る。詠斗の予想どおり、屋上に姿を現したのは紗友と巧だった。

「マジかよ、詠斗」

開口一番、巧は切れ長の目を大きく広げて言った。

「この状況で信じろってほうが難しいぞ。どう見たってお前が一人でしゃべってるとしか思えねぇ。病院で診《み》てもらったほうがいいんじゃねぇのか？」

「見てたのか」

詠斗は弁当箱を置き、背のないベンチを跨《また》ぐようにしながらくるりと体の向きを変えて立ち上がった。

察するに、紗友と巧は美由紀と会話する詠斗の様子をしばらく観察していたのだろう。その結果、巧にもまた美由紀の声も姿もとらえられず、詠斗が一人でべらべらと話しているようにしか見えなかった。確かに、精神医療をすすめたくなる気持ちもわかる。これがすべて幻想なら、詠斗だっていよいよ自分を信じられなくなるところだ。

「……ていうか、紗友はともかく、どうしてお前までいるんだよ？　巧」

「萩谷に頼まれたんだよ、お前の話が本当かどうか確かめたいから付き合えって」

「おぉ、ついに付き合い始めたのか。おめでとう」

「そういう〝付き合う〟じゃねぇ。わかれよ、空気読めよ」

なぜか巧は怒っている。その隣で、紗友がため息をついたようだ。

「傑くんから連絡が来たの」

唐突に転がり出た兄の名に、詠斗は図らずも身構えてしまった。

「『詠斗が困っているようだから助けてやってくれ。あいつの話に嘘はない、僕が保証する』って」

右手に携帯を掲げ、送られてきた傑からのメッセージを詠斗に見せながら話す紗友。何を勝手な、と詠斗は頭を痛める。

「別に困ってないし、兄貴の保証が何の役に立つのかもわからないんだけど」

「何言ってるの、あの傑くんが保証してくれるんだからこれ以上のことはないでしょ？ねぇ、巧くん？」

「……や、さすがにそれは同意しかねるな。オレ、詠斗の兄貴のことよく知らねぇし」

「傑くんはすごいんだよ!?　詠斗のことは誰よりもよく知ってるし、頭もいいし、足は長いし、穂乃ちゃんは美人だし！」

「やめろ紗友、説得力のかけらもない。というか、兄貴から保証されて満足なら巧を巻き込む必要なかったろ？」

「ほら、仲間は多いほうがいいかなって」

何が〝ほら〟だ。詠斗は眉間に深々としわを刻みながらこめかみをぐりぐりと揉《も》んだ。

『楽しそうですねぇ』

その時、不意に美由紀の声が降ってきた。

「全然楽しくないですよ、何を聞いてたんですか」

「××？」

「×××？」

詠斗はハッとして二人を見た。何と言ったのかは読み取れなかったが、二人とも怖い顔をして詠斗を凝視している。

つい美由紀の声に反応してしまったが、紗友と巧にしてみれば詠斗が突然宙に向かって怒り出したようにしか見えないのだ。やはりこの二人が絡むと厄介だなと詠斗は改めて思った。

「通訳してよ、詠斗」

「え？」

「つ・う・や・く。その辺にいるんでしょ？　美由紀先輩の霊」

紗友の提案に、詠斗は再び眉を寄せる。

「言ったろ？　先輩の姿は見えてない。それどころか声のする方向もわからないんだ」

『そうですね、詠斗さんはだいたい私のいないほうを見ながら話されるので、私のほうからあなたの正面に回り込むようにしています』

「そうだったんですか……」

地味にヘコむ事実を告げられ、詠斗は流れでまた美由紀の声に反応してしまった。言ってから、再び二人に怪訝な顔を向けられていることに気づく。

「……『詠斗さんは私のいないほうを見ながら話す』だって」

二つの視線に求められるまま、詠斗は美由紀の言葉を通訳した。「うそだろ」と巧の口が動いたように見えたが確信はない。

「マジで聴こえてんのかよ、あの女バレのマネさんの声」

巧は詠斗にわかりやすいよう指で自分の耳を差しながら言う。バスケ部員であるためか、巧も美由紀のことを知っているような口ぶりだ。紗友ほど親しくはなくとも、同じ体育館にいれば顔見知りくらいにはなるのだろう。

「なぁなぁ、先輩にはオレらの声も聴こえてんの？」

『聴こえていますよ。紗友ちゃん、久しぶりですね』

「聴こえてるって。紗友には久しぶりですねって言ってる」

「え？　あ……はい、お久しぶりです美由紀先輩。このたびはとんだことで……」

目に見えない、すでにこの世を去っているはずの先輩を相手に戸惑いながらも、紗友は美由紀に対して丁寧に頭を下げた。その隣で、巧も目を閉じて手を合わせている。

「満足したか？」

詠斗は紗友と巧に対して冷ややかに言った。

「俺には先輩の声が聴こえてる。先輩が巻き込まれた事件の解決を頼まれて、兄貴に相談したら先輩と手を組めば事件は解決するだろうって言われた。それだけだよ。別に困ってなんかいないし、助けてほしいとも思わない。犯人は俺が見つけ出すよ、先輩と一緒に」

　心からそう思っているということが二人には伝わっただろうか。二人は目を見合わせている。

「うん、わかった」

　改めて詠斗に向き直った紗友は、はっきりと口を動かした。

「じゃあ私は、美由紀先輩の周辺から探りを入れてみる」

「え」

「よし、じゃあオレは翼くんのほうだな。……まぁ、オレの人脈じゃあんまり当てにならないかもしんねぇけど、引きこもりの詠斗が三年生の輪の中に飛び込んでくよりはマシだろ」

「ちょ、ちょっと待てよ」

　詠斗は何やら分かり合っている風の二人の間に割って入った。

「お前ら、俺の話聞いてたか？」

「聞いてたよ。美由紀先輩を殺した犯人を捜すんでしょ？」

「それはそうなんだけど……っ」

「何だよ、水くせぇな。耳が不自由な高校生と幽霊のコンビなんて、不安以外の感情が生まれる余地ねぇぞ?」

この巧の一言にはさすがの詠斗も言い返す言葉が見つからなかった。

実のところ、美由紀と二人で何ができるのかと問われれば、何一つ満足に事が運ぶ気がしないなと詠斗自身も思っていたところだったのだ。仮に犯人を突き止めたとしても、何せ幽霊の証言をもとに追い詰めた犯人だ、証拠能力もなければ説得材料にすらならない可能性が高い。言い逃れの利かない確たる証拠でも見つかれば話は変わってくるのだろうが、果たしてそこまでたどり着けるかどうか。

それに、いずれは容疑者扱いされているという松村知子にも話を聞きに行こうと思っていたわけだが、見知らぬ先輩が後輩の、しかも耳が不自由であるという条件付きの後輩の話に真面目に取り合ってくれるだろうか。自分が松村知子の立場なら、馬鹿馬鹿しいと一蹴してしまうかもしれないと、やはり詠斗は先行きに大きな不安を感じざるを得なかった。

確かに、紗友と巧の手を借りれば少しは楽に捜査を進められるだろう。けれど、詠斗にはそれがどうしても許せなかった。

手柄を独占したいとか、そんな陳腐な思いではない。

自分の人生には、できれば誰も巻き込みたくない――それが、聴くことの自由を奪われた詠斗が一つ心に決めていることだった。

「……いい加減にしろ」

つい、詠斗は語気を強めてしまっていた。

「お前らの助けなんていらない！　遊びじゃないんだ、興味半分で首を突っ込まれても困る！」

食べかけの弁当箱を乱暴に片付け、詠斗は二人と目を合わすことなく屋上の出入り口に向かって歩き出した。しかし、扉にたどり着く前に巧の大きな手に肩を掴まれ、強引に体の向きを変えさせられた。

「さすがに今のはねぇだろ、詠斗」

怒りをにじませた瞳で巧は詠斗をキッと睨む。

「オレはいい。お前が言う通り、ちょっとおもしろそうだなって思ったことは認める。けど萩谷はそうじゃねぇ。お前にもわかってんだろ？」

巧の肩越しに、ちらりと紗友の顔を見る。今にも雨が降り出しそうな、そんな暗い空と同じ色の瞳をして、紗友も詠斗のことをじっと見つめ返してきた。

「萩谷はただ純粋にお前の力になりたいと思ってるだけだ。オレよりもずっとお前のことをわかってるし、もしかしたらお前以上にお前のことを考えてるかもしれない。それのどこに突っぱねる理由がある？　先輩の願いを叶えるのに、萩谷の手を借りちゃいけない理由なんかねぇはずだろ？」

「誰の手を借りようが俺の勝手だろ？　俺はただ、お前らをこの件に巻き込むつもりがないってことを……」

「だーもうっ！　どうしてお前はそうやっていつも一人で抱え込もうとすんだよ!?」

あまりにもまっすぐ心に投げ込まれた巧の言葉に、詠斗はぐっと眉を寄せた。

「お前のことだから、どうせオレらに迷惑がかかるからとか、そんなくだらねぇこと考えてんだろ？　あのなぁ、お前一人の世話を焼くくらい鼻クソほじりながらでもできんだよ。何も慈善事業に取り組んでるわけじゃねぇ、単純に友達としてお前の力になりたいだけだ。オレも、萩谷も」

詠斗とまっすぐに目を合わせ、巧は真剣だった表情を崩してふわりと笑った。

「少なくとも、オレらの前では耳のことなんて気にしなくていい。オレは別に、耳が不自由だからお前の友達やってるわけじゃねぇし」

な？　と言って、巧は紗友を振り返った。紗友も笑って頷いている。

はぁ、と詠斗は大きく息を吐き出した。簡単に言ってくれるなぁ、なんて、口にしたら殴られるだろうか。

詠斗にとって、この二人ほど心を揺さぶってくる人達はいない。父も母も、兄でさえ、詠斗に対してここまで深く踏み込んでくることはなかった。

固く結んだはずの詠斗の決意は、いつだってこの二人の手でいとも簡単に揺るがされる。詠斗が何を考え、どんな思いでいるのかを、二人は誰よりも深く理解していた。

わかっているのだ、詠斗には。

二人の厚意を、決して無駄にしてはならないのだと。

「……鼻クソはほじるな」

何と答えようか迷った挙げ句、出てきた言葉はそれだった。

「汚い」

真面目な顔で付け足すと、巧は大きな口をあけて笑った。

「たとえばの話だろ⁉　やんねぇから！　そんなはしたなくねぇから、オレ！」

巧の隣で、紗友もケラケラと笑っていた。

つられて口もとを緩める傍《かたわ》らで、ずっと押し込めていた想いの灯《ひ》が詠斗の心に小さく宿る。

二人の楽しげな笑い声が、この耳にも届けばいいのに、と。

三人で笑い合っているうちに昼休みが残り五分となってしまい、詠斗が口にしたのは弁当半分、紗友に至ってはすっかり食いっぱぐれてしまった。巧は「三分あれば食べきれる」と言ってダッシュで教室へと戻っていって、結果がどうなったかあとで確かめようと詠斗は一人微笑みながらその背中を見送った。

「じゃあ先輩、また何か思い出したら教えてください」

『わかりました。では、授業がんばって』

ありがとうございます、と軽く頭を下げ、詠斗は紗友とともに屋上をあとにした。

ちらりと隣を覗き見ると、やはり紗友は不思議そうに顔をしかめていた。

その場の雰囲気に押されて結局二人の手助けを受けることになってしまった詠斗だったが、やはりどこか後悔の念は拭い去れないところがあり、授業中、もやもやと心に渦巻く何かの存在に思考を持っていかれそうになるのを必死になって堪《こら》えなければならなくなった。

詠斗だって、何も手助けを申し出てくれること自体が嫌なわけではない。もしも自分が健常者なら迷わずその手を取っていただろうという自覚はある。

けれど、不自由を背負う身ではどうしても他人の力を借りることが多いということもまた事実であり、詠斗に限らず、誰かに頼られるという経験が健常者と比べて少なくなってしまいがちなのがハンディキャップを抱える人間というものなのだ。詠斗が美由紀の願いに応えようと思ったのも、耳が聴こえないにもかかわらず頼りにしてくれたことが嬉しかったからに他ならない。

では、あの二人が詠斗を頼ることがあるか。

振り返れば、そんなことは今まで一度たりともなかったのではないかと詠斗は思う。

こと紗友に関しては、頼んでもいないうちから詠斗のためにせっせと身を削るような人間だ。それこそ、兄の傑と同じように。

兄はまだいい。詠斗にとって彼は血の繋がった兄弟である。歳が離れている上に社会人だ、いくらか責任があると言ってもあながち間違ってはいない。

でも、紗友は違う。

こんな言い方をしたくない相手だと思うものの、やはり詠斗からすれば紗友とは血の繋がらない他人同士だ。

紗友には紗友の人生がある。もっと広い世界を見て、自由に羽ばたいていってほしい。大切に思うからこそ、自分という足枷《あしかせ》を付けて縛りたくない。特に聴力が完全に閉ざされてからというもの、詠斗のこうした想いは日に日に強くなっていったのだった。

たとえそばにいなくても、紗友を想う気持ちが変わることはない。だからこそ、彼女の自由を奪ってしまうなど、決してあってはならないことなのだ。

隣の列、右斜め前方。

前から二列目の席に座って真面目に授業を受けている紗友の背中をそっと見やる。肩にかかる栗色の髪が、開け放たれた窓から流れ込む春風に揺れていた。

彼女の手を借りるのは今回限りにしよう——詠斗はそう心に決め、気持ちを切り替えて授業に集中した。

放課後。

バスケ部の練習に向かう紗友と巧を体育館の前で見送ると、詠斗は校門のほうへと一歩踏み出した。しかし、その足をすぐさま止めることになる。

「……兄貴」

目の前に現れたのは傑だった。傑も詠斗の存在に気づいたようで、小さく片手を上げて近づいてきた。

「なんでここに……？」

「安心しろ、お前に用があって来たわけじゃない。仕事だ。創花《ここ》の生徒が殺された事件で、ここへ来ない理由はないからな」

なるほど、彼はどうやら学校関係者への聞き込みに来たらしいと詠斗は瞬時に理解した。

「兄貴、仲田翼先輩が刺し殺されたってのは本当？」

「……誰に聞いた？」

「紗友」

あの子か、と傑は後頭部を掻いた。

「本当だ。鋭利な刃物で胸を刺されていた」

立てた右の人差し指で自分の胸を示す傑。心臓に刃物が突き刺さる様子をリアルに想像してしまって、詠斗は思わず顔をしかめた。

「遺体が出たのは昨日の夕方だが、死亡推定時刻は一昨日の午後八時から十時の間。仲田翼の自宅近くに竹林があって、少し奥に入ったところで見つかった。普段から人《ひと》気《け》のない場所で、犬の散歩で通りかかった女性が犬がやたら吠えるのを不審に思い、林の中に踏み込んで発見に至ったという具合だ」

身振り手振りを交えながら、傑は事件の概要を端的に説明した。犬の嗅覚は人間よりはるかに優れているから、腐敗の始まった死体の臭いに反応したというところか。

しかし、と詠斗は首を捻る。

「仲田先輩が殺されたのは一昨日の夜なんだよな？　犬の散歩なら朝も行きそうなものだけど……」

「毎日少しずつルートを変えているのだそうだ。昨日の朝は発見現場の前を通らなかった。犬からしたら毎回同じ場所にマーキングしたいのだろうが、人間には飽きがくるからな」

そういうことか、と詠斗は納得したように呟いた。

殺害方法は異なるものの、殺害時刻は美由紀の事件と似たような時間帯だ。二つの殺人が同一犯の仕業だとすると、この時間帯にこだわらなければならない理由でもあるのか。

顎に手をやりながら考えていると、傑に肩を叩かれた。詠斗はそっと顔を上げる。

「ところで、例の件はどうなった?」

「例の件って?」

「頼んでおいただろう?　羽場美由紀の霊からいろいろ聞き出すようにと」

「あぁ、そのことか」

たいした情報は聞き出せなかった気がするが、詠斗は美由紀から聞いた話を傑に伝えた。

不登校気味だった仲田翼とはあまり接点がなかったこと。犯人は右の手首に腕時計をしていたこと。美由紀を殴った凶器は両手で掲げて持つような何か岩のようなもので、殴ってきた相手はやはり松村知子ではなく男だったように思うと言っていたこと。ついでに、仲田翼が恐喝を繰り返していたらしいことも付け加えておいた。この辺りは警察が調べればすぐにわかることだろう。

「なるほど、羽場美由紀殺しについてはわずかだが手がかりが増えたわけだな?」

「中途半端でごめん。いろいろあって、先輩とまともに話をする時間がなくなっちゃってさ……」

「いろいろ？」

傑の瞳がぎらりと輝く。しまった、と詠斗は咄嗟に後悔した。

「いろいろとは何だ？　トラブルか？　嫌な思いをしたんじゃないだろうな!?」

「違うって！　そういうんじゃないから！」

がしっと両肩を掴まれ、十五センチほど高い位置から鋭い眼差しで見下ろされる。

詠斗はすかさず両手を使ってその腕を振り払った。どこからか視線を感じて周りに顔を向けると、通りがかりの創花生たちから冷ややかな視線を浴びせられていた。

はぁ、と大きく息をつき、詠斗はやや乱暴に頭を掻いた。

「……兄貴が余計なこと言うから」

微かに灯った怒りの感情をその瞳ににじませ、再び兄に向き直る。傑の眉がわずかに動いた。

「紗友と巧が先輩の件に首を突っ込んできて……それで、ちょっともめただけだよ」

下手に誤魔化さず、本当にあったことを正直に告げる。隠したところでどうせ紗友から伝わることだ。

ややあってから、傑はどこか悟ったように笑った。

「やはりお前は僕の弟だな、詠斗」

「……は？」

意味がわからないとばかりに詠斗は眉間にしわを寄せる。

「僕も昔はそうだった。一度心に決めたことをなかなか曲げられず、人の厚意に素直に甘えることができなかった。そのおかげで、ずいぶんと長いこと損をしてきたよ」

ぽん、と傑はその大きな手で詠斗の頭に触れた。

「いいか？　詠斗。誰かに頼ることは恥じゃない。厚意を無駄にしてしまうことのほうが余程恥ずかしい。今はわからないかもしれないが、いつかお前にもわかる時が必ず来る……僕がそうであったように」

詠斗の頭をなでるのは、たくさんのぬくもりを秘めた優しい手。傑がゆっくりと腕を下ろすと、詠斗はわずかに眉を寄せた。

「なぁ、兄貴……？」

「覚えておけ、詠斗」

やはり満足げに笑ったまま、傑は詠斗をまっすぐに見た。

「世の中、見返りを求める人間ばかりとは限らない」

あまりにも真剣なその眼差しに、詠斗は呆然としたままただ立ち尽くすことしかできなかった。

兄の言葉に、どう返すのが正解だったのか。

どれだけ考えてみても、適切な答えは出てこなかった。

紗友と巧の協力を得ることになったと傑に伝えると、自宅マンションを会議室代わりに使うよう提供してくれた。その場で穂乃果に連絡した傑から、「穂乃果が自分も会議に参加させせろと言っているぞ」と告げられ、またもや詠斗は頭を抱えることになった。知らない間に何やらすっかり大事《おおごと》になっていて、こうなってしまうとどうあがいても逃げられそうにない。

何度もため息をつきながら詠斗は校門をくぐり、迷わず最寄り駅へと向かう。

創花高校は詠斗の暮らす街の西端にあって、詠斗と同じ市立中学校出身の生徒は詠斗のように電車通学をする者と自転車で通う者とに分かれる。ちなみに紗友と巧は自転車通学派で、たいていの生徒が彼らと同じく自転車を利用していた。

自転車で通えれば通学にかかる電車賃を浮かすことができて親孝行なのだが、詠斗は自転車に乗れない。人間の耳というのは体のバランスを保つ役割も担っていて、詠斗の場合、まっすぐ歩くだけでも実は一苦労なのだ。幼い頃から難聴と付き合ってきているおかげで完全に失聴した今でもよろけることなく歩けているが、自転車は危ないからと初めから練習させてもらえなかった。幼い頃は自分も自転車に乗りたいと駄々をこねたこともあったけれど、自転車に乗れなくても案外日常生活に障ることはなく、今となっては身の安全を守ることを優先した結果であると納得していた。

駅に着いた詠斗は、改札の中に入るといつもと反対側のホームへ続く階段を上った。兄の家へ向かう前にどうしても寄りたいところがあったからだ。

五分と待たされることなく電車はやってきて、三つ目の駅で降りる。そこは創花高校と詠斗の生まれ育った家のある街の一つ隣の街。商店と住宅がほどよいバランスで立ち並ぶ片側一車線道路の歩道をゆっくりと歩き、事前に調べておいた花屋の前で一度立ち止まる。通学に使っている鞄の中からペンとメモ帳を取り出してから、詠斗は店の中へと入っていった。

「いらっしゃいませ」

ガラス製の扉を引き開けると、カウンターに立つ赤いエプロンを身に着けた女性店員に微笑みかけられた。花屋で働いている人の年齢などじっくり考えたこともなかったけれど、思っていたよりもずっと若い人でつい驚いてしまった。

「あ、すみません」

すたすたとカウンターに歩み寄ると、詠斗は手にしていたペンとメモ帳を店員に差し出した。

「僕、耳が聴こえないので、筆談をお願いしたいんですけど」

急ぎの用をこなしたり、初対面の人を相手にしなければならなかったりする場合、詠斗は迷わず筆談という手段に打って出る。「ゆっくりはっきりしゃべってください」

とお願いしておきながら結局何度も聞き返すことになっては申し訳ないので、書いてもらったほうが互いに最小限のストレスで済む。長年の経験から学んだことだった。

花屋のお姉さんは初めこそ驚いて目を大きくしたけれど、すぐにペンを走らせてくれた。

御供えのための花束を見繕《みつくろ》ってほしいと伝えると、予算や入れたい花などいくつか条件を尋ねられた。花屋での買い物は初めてで、いくら出せばどれくらいの花束になるのかまるで見当がつかなかったのだが、お姉さんは懇切丁寧に説明文をメモ帳に書き記しながら、少ない本数でも整って見えるよう配慮した花束を作ってくれた。

きちんと礼を言って店をあとにし、目的の場所へと向かう。少し前まで午後四時を過ぎれば辺りは暗くなり始めていたのに、今はようやく陽が傾き始めたかといった具合でまだまだ明るい。

携帯で地図を確認しながら、細い路地へと入っていく。車がすれ違うのに苦労しそうな道は南北に長く延び、なるほど抜け道に利用したいのもわかる。大きくて広い道ではどうしても信号が多くなって煩《わずら》わしい。

「……ここか」

ようやくたどり着いたその場所は、美由紀の遺体が転がり落ちていったという階段だった。

美由紀本人と傑から聞かされた通り、階段を見下ろす位置に立って左手には美由紀の自宅マンション。十階以上ある立派な分譲マンションだ。エントランスホールが階段を下りきったところにあることはこの位置からでもわかる。

対して、右手側には小さくも傾斜に沿って上手く整備された公園があり、その周りを囲うようにいくつか街灯が設置されていた。確かにこれだけ明かりがあれば、たとえ夜間の出来事だったとしても遠くから十分目撃できそうである。

そして、美由紀の遺体が転がされたという階段。なかなかの傾斜で、四十段は優にある。ここから落ちたらひとたまりもないよなぁ、などとうっかり考えてしまったがために、ぶつけてもいないのに体のあちこちに痛みが走るという見事な錯覚に陥る詠斗なのだった。

『いらしてたんですか』

不意に届いたその声に、詠斗はまたしてもその肩をびくつかせた。

「……それはこっちのセリフですよ、先輩」

『ここへ来るつもりだったのならそうおっしゃってくだされればよかったのに』

「そんなこと言われても」

確かに現場は一度見ておきたいと思ったけれど、実際に足を運ぶことに決めたのは午後の授業を終えた頃の話であって、そもそも美由紀がどこにいるのか見えない自分のほうから行き先を伝えろというのはあまりにも理不尽だ、と心の中だけで次々と文句を連ねていく詠斗。ひとしきり言い終えたところで、階段の中央に設置されている手すりの支柱に先ほど作ってもらった花束を立てかけた。けれど、重みですぐにコテンと横倒しになってしまい、通行の妨げにならないよう改めて寝かせた状態で置き直した。

『それ、私のために？』

「手ぶらで来るのは失礼かなと思って」

もともとは現場検証が目的で、花を買ったのは完全な思いつきだった。けれど、美由紀の冥福を祈ろうと思った気持ちに嘘はない。

しゃがみ込んで目を閉じ、静かに手を合わせる。

音だけでなく、色さえも失われた世界。怖くなって、すぐに目を開けてしまった。この姿を当の本人に見られていると思うとどこか気まずい感じがしたが、美由紀は特に何も言ってこなかった。

「さて」

手すりに頼りながら立ち上がり、詠斗は階段に背を向けた。

「ここから百メートル、か」

一人呟きながら、詠斗は来た道をゆっくりと戻り始めた。

あちこち坂になっていると聞かされていた割には、今詠斗が歩いている階段の頂上から伸びるこの道はしばらく平坦な状態が続く。きちんと舗装された道路の左右には昔ながらの住宅が所狭しと立ち並んでいて、表札を見ると〝塩田《しおた》〟と〝木村《きむら》〟ばかりだった。門構えが立派な豪邸もいくつかあって、ずっと昔からこの地に根づいている地主の一族なのだろうと勝手に結論づけていた。

『この辺りです』

不意に美由紀の声が降ってきた。詠斗はぴたりと立ち止まる。

『この白い軽トラを覚えています。ここで振り返って、誰かに襲われました』

美由紀が言う軽トラックは、例の階段を背にして右手、つまり美由紀の自宅マンション側に並ぶ家のガレージに停められていた。シャッターはいつも開けっぱなしなのだろう。

詠斗は改めて階段のほうを振り返ってみる。ほとんど一直線に歩いてきたが、確かにあの階段から百メートルくらいの距離があるように感じた。いくら小柄な美由紀とはいえ、百メートルも人一人担いで歩くというのはかなりしんどいはずだ。それも夜道を。やはり美由紀の証言通り、パワーのある男の仕業だと思いたくなる。

「塾には毎日通っていたんですか？」

どこにいるのかわからない美由紀を見上げながら、詠斗は静かに尋ねた。

『授業があるのは火曜・水曜・木曜です。部活を引退したら自習も含めて平日は毎日通う予定でした』

「ちなみに、先輩が襲われたのって？」

『四月三日の水曜日です』

今日が水曜日なので、まるっと一週間が経ったということだ。

そして、仲田翼が殺されたのが今週の月曜日……美由紀が殺害されてから五日後の出来事。二つの事件に関連があるのなら、この時間的空白にはどんな意味があるのか。

改めて、詠斗はそっと宙を見上げた。

「松村さんとは、どうして言い争いを？」

聞きにくいなと思ったのだが、せっかくなので尋ねてみた。誰一人通る気配のないこの狭い路地でするような話では決してないのだが、誰にも見られていないというのは詠斗にとって好都合だった。

『……知子の、怪我のことで』

「怪我？」

思わぬ単語が飛び出し、詠斗は眉をひそめた。

『はい。聞いていらっしゃるかもしれませんが、私は女子バレー部のマネージャー、知子は部長を務めています。試合においてももちろんレギュラーメンバーで、引退のかかった大会を四月の末に控えているんですけれど……』

言いかけて、美由紀は少し言葉を切る。

『あの子、右の手首を疲労骨折していたことを隠していたんです』

「疲労骨折？」

はい、と愁いを帯びた色の声が返ってくる。

『少し前から痛みがあると言っていたのですけれど、病院で診てもらったら折れていたようで。キャプテンとして部を率いる立場の人間でしたし、試合に出られないとなれば今まで積み重ねてきたものがすべて無駄になってしまうと思ったみたいで……。どこか思い悩んでいる様子だったので問い詰めてみると、そういった事情を抱えていたというわけです』

「なるほど。察するに、試合に強行出場しようとして怪我をしていることを部員に黙ったまま練習を続けていた松村さんを、あなたは止めようとした。それでケンカになった？」

『おっしゃる通りです』

美由紀が肩をすくめる姿が目に浮かぶ。確かに、こんな理由で友人が殺人の疑いをかけられたら黙ってはいられないだろう。しかし、今の話から警察が本気で松村知子を疑っているなんてことはまずないだろうなと詠斗は思った。こんな小さなケンカくらいで殺そうという気になるとはどうにも考えにくい。

「先輩、松村さん以外に誰かともめたりとか、何かトラブルを抱えていたとか、そういったことってなかったんですか？」

『そうですねぇ……どちらかというと日々穏やかに過ごせるよう動いていたつもりなのですけれど、実際こうして殺されてしまったわけですし、何か誰かの気に障るようなことをしてしまっていたのなら、申し訳ないとしか言えませんね』

相変わらず美由紀は、殺された割にあっけらかんとしすぎである。本当に申し訳ないと思っているのか？　そもそも他人の悪意によって命を奪われたというのに、もっと悔しさとか怒りとか、そういった感情は湧き上がってこないのか？　と、どこまでもふわふわしている美由紀に対してなぜか詠斗が苛立っていた。

けれど、詠斗にはわかっていた。こうして美由紀が淡々としているように見えるのは単なる性格の問題ではないのだと。

言葉にしたり、口調に乗せたりすることはないけれど、彼女は間違いなく、ものすごく悔しい気持ちを抱えている。この先六十年も七十年も生きられたはずの命が突然奪い去られてしまったのだ。やりたいことがたくさんあっただろう。行きたい場所も、伝えたい想いだって、まだまだいっぱいあったはずだ。それらはすべて、誰かの悪意によって奪われていいものじゃない。そんな理不尽な仕打ちを受けて、平気でなどいられるはずがない。

詠斗だからこそわかる。詠斗もまた、自分の意思にかかわらず音なき世界に放り込まれた存在だから。

奪われる苦しみは、奪われた者にしかわからない。詠斗は聴力を、美由紀はその命を。完全に同じではないとしても、自分にならら彼女の苦しみをわかってあげられるかもしれないと詠斗は思う。

さらに二人は、奪われたことによって不自由を背負う身となった者同士でもある。詠斗の耳が聴こえないように、美由紀もまた詠斗にしかその声を届けることができない。他人とのコミュニケーションにおいて苦労が絶えない詠斗と同じように、美由紀だって詠斗に声が届くまで何度も何度も見知らぬ誰かに呼びかけ続けてきたのだ。つらかっただろう。苦しかったはずだ。淡々としているように見えて彼女は、他人には決してわからない大きな痛みを抱えている。いつの間にか詠斗は、そんな美由紀の姿に自分を重ねてしまっていた。

わかります、と言ってあげたい。

本当はすごく苦しいんですよねと、詠斗はそう伝えたかった。

『どうかしましたか？』

「えっ」

不意に美由紀の声が聴こえてきて、詠斗は変に上ずった声を上げた。

「どうって……？」

『いえ、急に黙り込んでしまったものですから』

「あ……え、っと」

やっぱりからりとした声で尋ねてくる美由紀に、結局詠斗は口ごもるばかりで何も言ってあげることはできなかった。すみません、と慌てて頭を下げる。

「いろいろ話してくださってありがとうございました。また何か思い出したり、気がついたことがあれば教えてください。紗友と巧の聞き込み結果も合わせて、もう一度考えてみます」

わかりました、と美由紀の声が返ってくるのを確認してから、詠斗は駅方面に向かって歩き出した。いつまでもここにいたところで警察が見落とすような大きな手がかりは得られそうにない。いくら死者の声が聴こえるからといって、所詮はただの高校生だ。これ以上ここで何をすればいいのか、詠斗にはわからなかった。

『素敵なお友達をお持ちなんですね』

また急に美由紀が話しかけてきて、詠斗は懲りもせず驚いてしまう。生前にゆかりのあった場所にしか現れることができないと言っていたけれど、彼女は一体どこまでついてくることができるのだろうか。

「……まぁ、そうですね」

『あら、どうしてそんな曖昧なお返事をなさるんです？　優しい方々じゃないですか。部活でお忙しいでしょうに、それでも手を貸してくださっているんですよ？』

真正面から正論をぶつけられ、詠斗は力なく笑うことで精一杯だった。

「返し方がわからないんですよ」

正直に、胸に灯った想いを口にする。

「傾けてもらった気持ちにも、貸してもらった力にも、うまく応えられる自信がなくて。気づいたら、あの二人に頼ってばかりの人間になってしまいそうで」

だからこそ適度な距離を保っていたいし、あの二人に寄りかかりたいとも思わない。自分に構うことなく、あの二人には広い世界を自由に生きていってほしいと、詠斗はいつだって願い続けている。

「……許せないんですよ、そんな自分が」

言ってから、詠斗はひどく驚いた。なぜだろう、美由紀の前ではつい本音をしゃべってしまう。

『いいんじゃないですか？　無理に返そうとしなくても』

え？　と詠斗は立ち止まって斜め上を見上げた。

『注いでもらった力や想いを素直に受け止めることも、勇気ある人間の行いだと思いますよ、私は』

常に素直でいることもなかなか難しいですからね、と付け加えた美由紀は、きっと綺麗に笑っているのだろうと思った。

まったく、兄貴といい先輩といい――。

静かに目を伏せて、詠斗は深いため息をついた。

詠斗が兄夫婦のマンションに着いたのは午後六時になる少し前だった。紗友と巧の両方にここで捜査会議を行う旨を携帯のメッセージアプリで連絡しておいたので、おそらく到着は六時半から七時頃になるだろう。

張り切って料理の腕を振るっている穂乃果を手伝いながら、詠斗は二人の到着を待った。傑は午後六時から仲田翼殺しの捜査会議に出るらしく、終わり次第隙を見てこちらの会議にも顔を出すつもりだと穂乃果から聞かされた。けれど、無事に抜け出せる確率は低いだろうなと詠斗は内心思っていた。

「……なぁ、穂乃ちゃん」

カレーを煮込みながらサラダにする野菜をさくさくと切っている穂乃果に、詠斗はそっと声をかけた。

詠斗と穂乃果が出会って、もう十一年になる。当時、穂乃果と傑は十七才、詠斗はまだ五歳になったばかりだった。その頃から詠斗は『ほのちゃん、ほのちゃん』とまるで本当の姉のように穂乃果を慕っていた。傑が穂乃果と結婚することになった時、誰よりも喜んだのは詠斗だったりする。二人揃って婚約報告をしてくれた時は本当に嬉しかった。

穂乃果は包丁を握る手を止め、小首を傾げながら詠斗を見やる。

「どうして穂乃ちゃんは、兄貴と結婚したの？」

予想外の一言だったのだろう、穂乃果は目を大きくした。

「何よ？　急に」

「いや、さっき兄貴に会った時に言われたんだ……世の中見返りを求める人間ばかりとは限らない、って。それって穂乃ちゃんのことだよなぁと思ってさ」

「あぁ……」

あの時のことか、と穂乃果の口が動いた気がした。眉をひそめると、穂乃果は少し照れくさそうにしながら話してくれた。

「私が一目惚れしたのよ、傑に」

へぇ、と詠斗は少し驚いたように声を上げた。高校の頃からの付き合いなのは知っていたけれど、詳しい馴《な》れ初《そ》め話は聞かされたことがなかった。

「で、ある日思いきって告白したわけ。そしたらあの人、『僕には耳の不自由な弟がいる。いずれあいつは音を失うことになるだろう』って、突然あんたの話をし始めてね……」

『僕は弟が何不自由なく暮らせるよう、持てる力のすべてを尽くしたいと思っている。弟のことを、弟の幸せだけを考える生き方しかできない僕に、君を幸せにしてやることはできない』

『あなたのことが好きです』と伝えて、こんな答えが返ってくることなど、どうしたら想像できただろうか。

せめて『他に好きな子がいるから』とか『君は僕のタイプじゃない』とか、そんな断り方をしてほしかった。何なら『君を好きになんてなれない』とはっきり言ってくれたって構わない。

今しがた聞かされた答えでは、諦める理由には弱すぎる。

というか、諦めてくれと言われている気がまったくしないんですけど？

『別にいいよ、あなたの一番じゃなくたって』

そう答えると、傑は少し目を大きくした。

『あなたが弟くんの幸せを願うなら、私があなたの幸せを願うことにする』

『……君は僕の話を聞いていたか？』

『うん、聞いてたよ』

『だったらどうしてそんな答えが出てくる？　僕の幸せを願ってくれるのはありがたいが、僕は君の幸せを願ってやれないかもしれないぞ？』

『願ってくれなくて結構』

きっぱりと言い切って、その人にふわりと笑いかける。

『あなたの隣にいられるなら、それだけで私は幸せだもの』

驚いた顔をした傑に、穂乃果は笑みを深くした。


「ってなことがあってね」

唖然《あぜん》としている詠斗に、穂乃果は少し頬を赤らめた。

「……まぁ結局のところ、その後も何か言いたそうな顔でうじうじしてたから『あんたはどうしたいのよ？　私と付き合いたいの？　付き合いたくないの？』って詰め寄ってやったのよ。そしたらあっさり落ちて付き合い始めたってわけ。いやぁ、まさかそのままあの人と結婚することになろうとはねー」

懐かしそうに目を細くする穂乃果。半強制的なところがいかにも穂乃果らしくて、詠斗もつい笑ってしまう。なんとなくだけれど、傑が穂乃果に惚れたのは、告白されたまさにその瞬間だったのかもしれないなと思った。

「ちなみに、兄貴のどこに惚れたわけ？」

詠斗が問うと、穂乃果は「どこって」と言って肩をすくめた。

「あれほど容姿端麗な男が目の前に現れて、惚れるなってほうが難しいでしょ？」

女子はみんなあの人のことが好きだったわよ、とさも当たり前といった風にそう付け加えてくる。

はぁ、と詠斗は無意識のうちにため息をついていた。優しくて、かっこよくて、女の子からもモテる兄。自分にはないものを彼ばかりが持っているような気がしてくる。決して嫌いではないのだけれど、やはりどこかうらやましさを隠し切れない詠斗なのだった。

すっかり夕飯の仕度も終わった午後六時四十分。

ダイニングテーブルに着いていた穂乃果が唐突に立ち上がった。その向かい側に座ってテレビ画面に流れる字幕を眺めていた詠斗は、穂乃果を追って後ろを振り返る。

すると、インターホンが青い光を明滅させて来客を知らせていた。カメラ付きのため、画面に紗友の顔が映し出されているのが見える。見切れているが、巧の影もあることが確認できた。

解錠するや否や、穂乃果はキッチンに立ってカレーの鍋を火にかけた。詠斗はエレベーターで上がってくる二人を出迎えに玄関先へと向かう。

「やっほ！」

ドアを開けて待っていると、紗友が手を上げながらやってきた。その後ろから巧がやや緊張気味についてくる。巧と穂乃果が顔を合わせるのはこれが初めてだった。

部屋に上がった二人は穂乃果と軽く挨拶を交わし、まずは四人で食卓を囲むことになった。昔から穂乃果は料理好きで、カレーも自らスパイスをブレンドして作る。絶妙な辛さが食欲をそそり、普段少食な詠斗でも穂乃果の作るカレーだけはおかわりをしたくなってしまうほどだ。

美味しかったのか、ただ単純に腹が減っていただけなのか、巧はものすごいスピードで平らげ、最終的に三杯もおかわりをして満足そうに頬をほころばせていた。「いい食べっぷりで作り甲斐《がい》があるわー」と穂乃果も嬉しそうだった。ちなみに妊婦である穂乃果は刺激物を避けるため、一人何やら高級そうな包みに入ったお茶漬けを楽しんでいた。

食後のコーヒーがテーブルに並んだところで、三人の高校生と元警察官による小さな捜査会議が始まった。

テーブルの真ん中にはA4サイズのコピー用紙と四色ボールペンが置かれている。詠斗のために、穂乃果が代表で話の要点をまとめる書記を務め、会話に出てきた固有名詞は話し手が各々《おのおの》メモしていくという半筆談形式を取ることになったのだ。

人名や地名などの固有名詞は、唇の動きだけではどうしても読み取りにくい。面倒をかけて申し訳ないと思いながらも厚意に甘えることしかできなくて、詠斗は歯がゆさに胸が苦しくなった。

「美由紀先輩、やっぱり誰からも恨まれてるなんていう話は出てこなかったよ」

軽く挙手をしてから話し始めたのは紗友だ。

「確かに知子先輩とはケンカしてたみたいだけど、知子先輩、怪我を隠していたことが美由紀先輩にバレて、試合に出る出ないでもめただけなんだって。知子先輩もそんなことで恨んだりしないし、ましてや殺したりなんてするはずがないって言って泣いてた」

その話なら美由紀本人から聞かされていた。親友が突然殺され、その疑いをかけられたのだ。泣きたい気持ちもわかる。

「他のバレー部の子やうちのバスケ部の先輩にもいろいろ聞いてみたけど、みんな口を揃えて美由紀先輩は穏やかで優しい人だったって言ってたよ。私もそう思う。……殺されていい人じゃないよ、美由紀先輩は」

その顔に悔しさをにじませる紗友。彼女の隣に座っている穂乃果は、その様子にちらりと顔を向けつつ紙の上でせっせとペンを走らせていた。

紗友の向かい側、詠斗の隣で、今度は巧が手を挙げた。

「仲田翼くんのことだけど、恐喝の噂は本当だったらしいな」

やっぱりか、と詠斗は呟いた。

「巧、やられてたのが誰だったか、そこまでわかったのか？」

「あくまで噂の域は出ないけど、二年の神宮司《じんぐうじ》隆裕《たかひろ》じゃないかって言ってるヤツがいた」

巧は穂乃果からペンを受け取ると、紙に〝神宮司隆裕〟と書いて再び穂乃果にペンを返す。

「ん？　神宮司って、確か……」

「おいおい、悩むなよ詠斗。お前と萩谷は去年同じクラスだったはずだぞ？」

あぁ、そうだ。どうりで聞いたことのある名前だと詠斗は納得した。

「オレも知らなかったんだが、神宮司の親父《おやじ》さん、医者なんだって。それも開業医。

お手数ですが
切手をおはり
ください。

郵便はがき

104-0031

東京都中央区京橋1-3-1
八重洲口大栄ビル7階

スターツ出版(株)　書籍編集部
愛読者アンケート係

(フリガナ)
氏　　名

住　　所　〒

TEL　　　　**携帯／PHS**

E-Mailアドレス

年齢　　　　**性別**

職業
1. 学生(小・中・高・大学(院)・専門学校)　2. 会社員・公務員
3. 会社・団体役員　4.パート・アルバイト　5. 自営業
6. 自由業（　　　　　）　7. 主婦　8. 無職
9. その他（　　　　　）

今後、小社から新刊等の各種ご案内やアンケートのお願いをお送りしてもよろしいですか？
1. はい　2. いいえ　3. すでに届いている

※お手数ですが裏面もご記入ください。

お客様の情報を統計調査データとして使用するために利用させていただきます。
また頂いた個人情報に弊社からのお知らせをお送りさせて頂く場合があります。
個人情報保護管理責任者：スターツ出版株式会社 販売部 部長
連絡先：TEL 03-6202-0311

愛読者カード

お買い上げいただき、ありがとうございました！
今後の編集の参考にさせていただきますので、
下記の設問にお答えいただければ幸いです。よろしくお願いいたします。

本書のタイトル（　　　　　　　　　　　　　　　　　　　　　　　　）

ご購入の理由は？　1. 内容に興味がある　2. タイトルにひかれた　3. カバー（装丁）が好き　4. 帯（表紙に巻いてある言葉）にひかれた　5. 本の巻末広告を見て　6. 小説サイト「野いちご」「Berry's Cafe」を見て　7. 知人からの口コミ　8. 雑誌・紹介記事をみて　9. 本でしか読めない番外編や追加エピソードがある　10. 著者のファンだから　11. あらすじを見て　12. その他

本書を読んだ感想は？　1. とても満足　2. 満足　3. ふつう　4. 不満

本書の作品を小説サイト「野いちご」「Berry's Cafe」で読んだことがありますか？
1.「野いちご」で読んだ　2.「Berry's Cafe」で読んだ　3. 読んだことがない　4.「野いちご」「Berry's Cafe」を知らない

上の質問で、1または2と答えた人に質問です。「野いちご」「Berry's Cafe」で読んだことのある作品を、本でもご購入された理由は？　1. また読み返したいから　2.いつでも読めるように手元においておきたいから　3. カバー（装丁）が良かったから　4. 著者のファンだから　5. その他（　　　　　　　　　　　　　　　　　　　　）

1カ月に何冊くらい小説を本で買いますか？　1. 1～2冊買う　2. 3冊以上買う　3. 不定期で時々買う　4. 昔はよく買っていたが今はめったに買わない　5. 今回はじめて買った

本を選ぶときに参考にするものは？　1. 友達からの口コミ　2. 書店で見て　3. ホームページ　4. 雑誌　5. テレビ　6. その他（　　　　　　　　　　　　　　　　　　）

スマホ、ケータイは持ってますか？
1. スマホを持っている　2. ガラケーを持っている　3. 持っていない

ご意見・ご感想をお聞かせください。

文庫化希望の作品があったら教えて下さい。

生活の中で、興味関心のあること、悩みごとなどあれば、教えてください。

いただいたご意見を本の帯または新聞・雑誌・インターネット等の広告に使用させていただいてもよろしいですか？　1. よい　2. 匿名ならOK　3. 不可

ご協力、ありがとうございました！

翼くんがもともとそれを知ってたのか、誰かから聞いてターゲットにしたのかはわからねぇけど、神宮司って見るからに大人しそうなヤツだし、カモにするには十分な金を持ってたんだろうな」

初めから金持ちを狙うなんて省エネだなぁ、とまるで他人事《ひとごと》のような感想を抱いた詠斗だったが、話題が逸れてはまずいと黙っておいた。代わりに少し議論を前に進めてみる。

「お前が聞き出せたってことは、当然警察も神宮司から話を聞いてるはずだよな？」

「まぁ、普通に考えりゃそうだと思うけど……」

「××××」

穂乃果が口を動かす様子が横目に映る。「そう思う」と同意を与えてくれたのだろうと推測したがどうやら間違っていなかったようで、穂乃果のほうを向くと、彼女はそのまま話を続けた。

「恐喝されていたことが殺人の動機に直結するかどうかは微妙なラインだと思うけど、たとえばむしり取られた金額が百万単位にまで膨れ上がっていたとか、事情によっては殺意が芽生えることもあるかもしれないわね。私達が犯人捜しに乗り出していることを知っている傑から何の連絡もないってことは、警察はまだ容疑者を絞り切れていない……被害者の仲田っていう子、ひょっとして他にもいろんなところで悪さしてたんじゃない?」

穂乃果が巧に向かって問う。巧は詠斗にも伝わるようややオーバーに頷いた。気を利かせた紗友が穂乃果に代わって書記役を引き受ける。

「おねーさんの言う通り、あの人は恐喝の他にもいろいろとやらかしてたらしい。他校生とのケンカはしょっちゅうで、本物のヤクザなのかただのチンピラなのかは知らねぇが、とにかくヤバそうな人達ともつるんでたって話も聞いた。学校の中でのことも神宮司への恐喝の他にいくつかあって、オレが一番びっくりしたのは那須《なす》先生の話だな」

巧は紗友からペンを受け取り、〝那須先生〟と紙に書く。「那須先生?」と詠斗は小さく首を捻る。

「そう。翼くん、暴力的なだけじゃなくて女癖も悪いらしくてさ。ほら、那須先生って美人だろ? しつこく言い寄られて困ってたみたいだって噂をちらっと聞いたんだ」

ふぅん、と詠斗は相づちを打った。那須というのは数学担当の女性教諭・那須琴美《ことみ》のことで、詠斗にとっては一年生の時の担任でもあった採用三年目の二十四歳。創花高校では一番の若手である。

「しつこく言い寄られてた、か……」

「もめたはずみで殺しちまった、なんてこともあるかもな」

「刺殺だぞ？　そんな都合よく刃物なんて持ってるものか？」

「護身用に持ってたかもしんねぇだろ」

まぁな、と詠斗は曖昧に答える。

可能性を挙げるだけなら簡単だ。それが真実へ近づくものなのか、はたまた遠ざかってしまうものなのかは、今は考えないことにして詠斗は話を前に進めた。

「とにかく、仲田先輩はあちこちで恨みを買うようなことをしていたわけだ。その行いのうちの何かが、誰かの殺意を生むことになった……」

詠斗が言うと、穂乃果もうんうんと頷きながら詠斗の気を引いた。

「そういう人物が被害者だと、捜査はかなりの広範囲に及ぶことになるでしょうね。ただ、一週間前に同じ高校の生徒である羽場美由紀が殺されてる。どちらも三年生だし、二つの事件に何らかの関係があるのではないかという線も当然警察は視野に入れているはずよ」

「××××って？」

紗友が何か言ったらしいが、前半部分を見ていなかった。けれど紗友はそうした時の詠斗に見られるちょっとした仕草や表情の変化を敏感にキャッチし、すぐに詠斗にわかるようにもう一度言い直してくれる。

「何らかの関係って？」

「それはまだわからないわよ。そもそも今回の二つの事件、犯行現場も手口もまったく違うでしょ？　同一犯の可能性を疑う要素もこれといって見当たらないみたいだし、たまたま創花高校の生徒が立て続けに殺されただけだと考えた方がいいのかもしれないわね」

確かに、と詠斗も思った。

殺される理由を持っていたと思われる仲田翼と、殺される理由なんてないと誰もが口を揃えて言う羽場美由紀。まるで対極に位置するかのような二人が同じ誰かに命を奪われたと仮定するなら、仲田翼とは接点がなかったという美由紀の話はどう考える？　共通の知人がいたのか、同一犯による無差別連続殺人か。あるいは別の可能性として、美由紀を殺害した人物と仲田翼を殺害した人物とがまったくの別人であるという見方もできる。手口の違いなどを考慮すると、この可能性が高いのではないかと詠斗には思えた。

「ちょっと聞きたいんスけど」

詠斗が思考を巡らせる隣でさっと手を挙げてから、巧は穂乃果に向かって尋ねた。

「捜査が広く行われるんなら、やっぱり犯人が見つかるまでは時間がかかるもんなんスか？」

「そうねぇ……捜査員の人数によると思うけど、聞き込みは本部の捜査員だけじゃなく所轄の刑事課連中も駆り出されるはずだし、順調に行けばそう何日もかからないんじゃないかしら」

「へぇ。じゃあ、容疑者はどうやって確定するんすか？　警察から容疑者だって疑われたら警察署に行かなきゃなんないんでしょ？」

「容疑者を絞るための要因はいろいろあるわ。動機もそうだし、他にはアリバイの有無とか……」

「アリバイ？」

ええ、と言って穂乃果は紗友に手のひらを向けてペンを要求する。そして、巧の書いた〝神宮司隆裕〟の文字の下に〝アリバイ〟と書き足した。なるほど、と詠斗は小さく呟く。

「兄貴が言うには、仲田翼先輩が殺されたのは一昨日の午後八時から十時の間。その時間に確実なアリバイがある人物には仲田先輩は殺せないってことか」

「アリバイっていうと、誰かと一緒にいたとか、そういうことだよね？」

挙手をしてからそう確認してきたのは紗友だ。詠斗は頷いて同意した。紗友の隣で穂乃果が「ちなみに」と手を挙げる。

「家族によるアリバイ証言は証拠能力に欠けると言われているわ。身内を守るために嘘をつくことが容易に想定されるから」

けどよ、と今度は巧が眉を寄せながら手を挙げて話し出す。

「翼くん、ヤクザみてぇな人達と付き合いがあったんだろ？　そういう人達って夜に活動するイメージだし、アリバイなんていくらでも作れそうじゃやね？」

「そうね。まぁそれはそれとして、今のはただの例示。アリバイの有無だけで容疑者扱いするか否かが決まるわけじゃないわ」

そうっスよね、と巧は肩をすくめ、それ以上何も言わなかった。

話題が途切れてしまったので、詠斗は先ほどちらりと考えた同一犯か複数犯かという論点を思い返しながら紗友に質問を投げかけた。

「紗友、美由紀先輩と仲田先輩の間に誰か共通する人の心当たりはないか？」

「共通する人？」

「たとえば、美由紀先輩の彼氏が仲田先輩の友達、とか」

「美由紀先輩は彼氏いないよ！」

「だからたとえばの話だって」

なぜか身を乗り出した紗友をなだめつつ、視線だけで先を促した。うーん、と紗友は少し考えるように斜め上を見る。

「仲田先輩、あんまり学校に来てなかったからなぁ……。あ、でも確か知子先輩は仲田先輩と同じ中学出身だったはずだよ?」

紗友は手の中で弄んでいたペンを握り直して〝仲田翼――松村知子　北中(だと思う)〟と記した。ちなみに詠斗達三人は同じ市内にある東中学校の卒業生である。

しかし、また松村知子か、と詠斗は思った。美由紀殺しを疑われ、今度は同じ中学出身の同級生が殺されるとは。

「×××」

巧の口がぼそぼそと動いた。詠斗が眉をひそめると、「あぁ、悪い」と巧は改めて詠斗のほうを見て話し始めた。

「怖いよなって言ったんだ」

「怖い?」

うん、と巧は頷く。

「だってよ、同じ高校に通う人間が立て続けに二人も死んだんだぜ? 事故とか病気とかならまだわかるけど、殺されたなんて……。あり得ねぇだろ? 普通」

確かに、と詠斗も思った。

どう考えたって普通じゃない。殺人事件の被害者である美由紀の声が聴こえ、その声を頼りに犯人を捜し出そうとしていることも含めて。

そして一昨日、さらにもう一人殺された。あり得ない、と学校中が同じ気持ちでいるだろう。

巧はがしがしっと頭を掻く。

「……殺すのはナシだろ、どれだけ恨んでたとしても」

その一言に、誰もが首を縦に振った。


結局その後も傑が姿を見せることはなく、詠斗達による第一回捜査会議はそのまま散会となった。

議事録と言えるほどのものではないが、詠斗は穂乃果や紗友が取っていたメモの内容をまとめて傑の携帯宛てに送った。すると翌日、詠斗のもとに傑から新たな情報がもたらされた。

昨日の会議で名前の挙がった神宮司隆裕は、やはり警察が話を聞きにいったうちの一人だった。しかし、彼には仲田翼の死亡推定時刻に完璧なアリバイがあることがわかったという。

神宮司は高校一年の頃から放課後は塾に通うのが習慣で、一昨日も午後七時から八時、八時十五分から九時十五分までそれぞれ英語と数学の授業を受けていた。

その塾では生徒一人一人にICカードを貸与しており、塾の入り口でカードリーダーに通すと保護者へメール連絡が入る仕組みになっているという。帰宅する際も同じようにカードを読ませることで保護者に知らせが行き、何時に塾を出たのかがわかるのだそうだ。

当然塾側にも記録が残り、一昨日の記録によると神宮司隆裕は午後六時四十分に塾へ行き、午後九時五十七分に帰路についている。授業に参加していたことも、午後十時まで利用できる自習室に時間いっぱいまでいたことも講師や同じクラスの生徒達から証言を得られており、鉄壁のアリバイが証明されたというわけだ。

ちなみに、羽場美由紀が殺されたという四月三日のアリバイは証明されていない。本人によると家にいたという話だが、当該時刻は家族と離れ自室にこもっていたと言っているため本当のところはわからないということだった。

神宮司の家は羽場美由紀の殺害現場から自転車を使っても三十分は優にかかる。往復一時間、さすがにそれだけ長い間家をあけていれば家族の誰かが気づくのではないかと傑は指摘した。また、本人いわく羽場美由紀とは面識がない上に名前すら聞いたことがないらしい。

もう一人名前の出た那須琴美だが、こちらは一昨日の午後七時すぎまでは学校に残って仕事をしていたことが同僚の証言で明らかになっている。その後は一人で帰宅したためアリバイは成立していない。ちなみに羽場美由紀殺しのあった四月三日の夜は友人二人と居酒屋にいて、店員も彼女たちのことを覚えていた。アリバイ成立である。

その他にもアリバイ関連で補足情報があり、捜査の過程で仲田翼が恨みを買っていたと思われる人物（集団を含む）が何人かピックアップされたものの、犯行当時のアリバイを証明できない者の方が現時点では少ないとのことだった。裏取りを進めていく中でもう少しはっきりしたことが見えてくるだろう、あとは時間の問題だ、と受け取った文章の最後に傑からの一言が添えられていた。

昼休み。

あいにくの雨で屋上へ出られない詠斗は、屋上へと続く扉の前の階段に腰かけ、事件のことをあれこれ考えながらやっぱり一人で弁当をつついていた。

『寂しくないんですか？』

毎度ながら唐突に降ってきたその声に、詠斗の手がぴたりと止まる。

「……なかなか慣れませんね。どうしてもびっくりしちゃいます」

苦笑いを浮かべ、詠斗は箸を弁当箱の上に置いた。

音のある世界で生きていればそんな思いはしないのだろうが、三年も経てばやはりその感覚は忘れてしまうものなんだな、と詠斗はつい感傷的になってしまう。

美由紀に話しかけられるたびに、心臓が大きく鼓動する。

怖いと思うからなのか、嬉しいからなのか。

「俺が驚かないように話しかける方法ってないんですか」

『なかなか無茶なことをおっしゃいますね。あなたこそ、私の姿が見えるようにはならないんですか？』

「それこそ無茶でしょう。というか、それができたらとっくにやってますって」

それもそうですね、と美由紀は声に出して笑う。はぁ、と詠斗はため息をついた。

『それで？』

「はい？」

『寂しくないんですか？　毎日一人でお弁当を食べていて』

顔を覗き込まれているような気がして、詠斗はわずかに上体を後ろへ引いた。

「……忘れましたよ、そういう感情は」

静かに答えて、ミートボールをつまみ上げる。

「寂しいとか、つらいとか、そういうことは考えないようにしてます。確かに耳が聴こえないことでしんどい思いをすることもありますけど、世の中には俺以上につらい思いをしている人がたくさんいる。あなただってそうだ」

『私、ですか？』

「そうです。わけもわからないうちに命を奪われるなんて、これ以上つらいことってないんじゃないですか？」

『……まぁ、言われてみれば』

「その程度の感情なんですか……」

食べようと思ってつまんでいたミートボールを再び弁当箱の中へと戻し、詠斗はもう一度小さく息をついた。

「とにかく、俺は一人でいたって寂しくもつらくもないし、誰かにそう思われたくもない。楽ですよ、ある意味。一人でいれば誰も傷つけることはないし、俺自身が傷つくこともないから」

そう言って、今度こそミートボールを口に運んだ。まずくはないけれど、特別美味しいとも思わなかった。

『本当にそうでしょうか』

美由紀は悟ったような声で詠斗に言う。詠斗はわずかに顔を上げた。

『私には、強がっているようにしか見えませんけれど』

美由紀の言葉に、詠斗の瞳がほんの少しだけ揺れた。


——そんなに強がらなくてもいいじゃん！


いつだったか、紗友にも同じようなことを言われたことがあった。

強がってなどいないと言うと、紗友はますます怒ってしまったことを思い出す。

『あなたが一人を選ぶことで、苦しい思いをする方がいらっしゃるのではないですか？』

階段の下、渡り廊下の窓の向こう。

降りしきる雨が滝のように見えた。

美由紀には、何もかもを見透かされているのかもしれない。

詠斗が今何を思っていて、誰のことを考えているのか。

「……やめましょう、この話は」

呟いて、詠斗はしんみりしてしまった場の空気を変えるべくしっかりと顔を上げた。

「それより、先輩に聞きたいことがあって」

『はい、何でしょう？』

「神宮司隆裕という男を知っていますか？　俺の同級生なんですけど」

『ジングウジ？　さぁ……珍しいお名前ですけど聞き覚えがありませんね。その方が何か？』

「仲田先輩に恐喝されていたヤツで、警察からも事情を聞かれたみたいです。もしかしたら先輩とも繋がりがあったかもしれないと思ったんですけど」

『そうだったのですか。すみません、お役に立てなくて』

いいえ、と答えたその瞬間、詠斗はある一つの方法を思いついた。

「……見てもらったほうが早いかも」

『はい？』

「先輩」

詠斗は真剣な眼差しでまっすぐ前を見つめた。

「一度会ってみてもらえませんか？　神宮司隆裕に」

少し間を置いてから、『なるほど』と返ってきた。

『いわゆる、面通しというやつですか』

「そうです。たとえ一瞬の出来事だったとしても、もし本当に神宮司が犯人だったら思い出せるんじゃないかと思って。顔じゃなくていい、背格好や雰囲気だけでも」

『えぇ、そうですね。名前に聞き覚えはないですが、お顔を拝見すれば何か思い出せるかもしれません』

「決まりですね。じゃあ放課後にここへ連れてきますから」

『わかりました、お待ちしています』

よし、と詠斗は心の中で呟いた。あとは神宮司に何と言ってここへ連れ出すかだ。

神宮司とは言葉を交わした記憶のない詠斗にとって、これは比較的大きな問題である。

しかしながら、美由紀が神宮司と会いさえすれば、たとえ事件の瞬間犯人の顔をはっきり見ていなかったとしても何か思い出すきっかけくらいにはなるかもしれない。

もちろん、神宮司が美由紀を襲った可能性だってある。何としてでも神宮司を呼び出さねば、と詠斗は改めて気合を入れ直した。

美由紀の証言によって運よく神宮司隆裕が美由紀殺しの犯人だと断定できれば、あとは仲田翼殺害時のアリバイを崩すことで二つの事件が一気に解決する。アリバイ崩しのほうは専門家である警察に任せればいい。

いよいよ核心に近づいた気がして、詠斗の弁当を食べるスピードがはやる気持ちに比例した。


放課後。

神宮司隆裕のクラスの前で、詠斗は少し驚いたような声を上げた。

「え、いない？」

「うん、今日は休みだよ。何か用事？」

「あ、いや……なんでもない。ありがとう」

一年の時に同じクラスだった女子に尋ねたところ、神宮司は今日学校を休んでいるらしい。せっかくのチャンスを無駄にしたことで、詠斗はすっかり肩を落としてしまった。

屋上へと続く扉の前に立つと、すぐに美由紀の声が聴こえてきた。

『あら、お一人じゃないですか』

「えぇ、神宮司は今日学校を欠席しているんだそうです」

『そうでしたか。それは残念でしたね』

本当に残念だった。アリバイがないからといって美由紀を襲ったのが神宮司だと確定するわけではないけれど、実は詠斗はこれで美由紀の証言が取れれば事件は解決したも同然だと思っていたのだ。

『どうして休まれたのでしょうね？』

えっ、と詠斗は不意を突かれて声を上げる。

『そのジングウジさんという方、仲田さんから恐喝を受けていたせいで警察に話を聞かれたのでしょう？　そんなタイミングで欠席だなんて、何か勘繰りたくなりませんか？』

「やましいことがあるから、姿を見せられないってことですか？」

『そう思われても仕方がない行動だと思いませんか？　まぁ、単純に体調不良で寝込んでいらっしゃる可能性もありますけれど』

確かに、美由紀の言うことにも一理ある。秘密を抱えて雲隠れしているのだとすれば、事態を重く受け止めなければならない。

詠斗は携帯を取り出し、傑にメッセージを送った。もしかしたら捜査が進展して、警察で取り調べを受けているのかもしれないと思ったからだ。

すぐに返ってきたメッセージには【こちらに引っ張ってはいない。自宅へ連絡を入れてみる、少し時間をくれ】とあった。

五分ほどが経って、もう一度傑から連絡が入る。【神宮司隆裕は体調不良で自宅にいるようだ】とのことだった。

「家にいるみたいですね」

美由紀に伝えると、『そうですか』と細い声が返ってきた。

体調不良という言葉をどこまで信じていいのかはわからないが、事態が何一つ前に進んでいないことだけは確かだった。このままここで立ち尽くしていても埒が明かない。何か他に打開策を考えなければ、と詠斗は必死になって頭を回転させる。

『……写真』

突然、美由紀がぽつりと呟いた。

「え？」

『写真で確認してみるというのはどうでしょう？』

なるほど、その手があったかと一瞬表情を明るくした詠斗だったが、すぐにしゅんと肩をすぼめる。

「俺、神宮司と一緒に写ってる写真なんてそう都合よく持ってませんよ」

た。

『クラス写真はどうですか？』

「あぁ、そうか。俺の手もとになくても、先生なら持ってるかも」

ちょっと行ってきます、と声をかけ、詠斗はまっすぐ職員室へと向かって走り出した。

目当ての人物・那須琴美は運よく職員室で仕事をしていた。彼女はソフトボール部の顧問なので、雨が降っていなければおそらくはグラウンドまで走る羽目になっていただろうなと詠斗は胸をなで下ろした。

こちらも運よく、那須は昨年度の体育祭の時の集合写真を持っていた。「何に使うの？」と彼女は少し疑わしげな目をして詠斗に問う。

「え、っと……その、ちょっと確認したいことがあって」

「確認？　何を？」

うまい言い訳が見つからなかった詠斗に那須は追い打ちをかけてくる。事件の捜査をしているなんて口が裂けても言えない詠斗は、「あー」だの「うーん」だのと口ごもりながらあちこち視線を泳がせ、最後には「お願いします！　すぐ返しますから！」と強引に頭を下げた。

「……わかった。絶対汚さないでよ？」

詠斗の肩を叩いて頭を上げさせ、那須は詠斗に一枚の写真を差し出した。「ありがとうございます」ともう一度頭を下げ、職員室を出ようと彼女に背を向けた詠斗だったが。

「先生」

再び自分を振り返った詠斗に、那須は小さく首を傾げる。ゆるやかなウェーブのかかったオレンジブラウンのショートボブがふわりと揺れた。

「……仲田先輩が殺された件について、ですけど」

詠斗が話を切り出した瞬間、さっと那須は顔色を変えた。

「そっか……もうみんな知ってるんだね」

俯《うつむ》き加減で、那須は諦めたような笑みを浮かべた。

「確かに私は彼にしつこくつきまとわれて困ってた。そこから変な噂が立っていることもわかってる。でも、大丈夫よ。私は自分の生徒に手をかけるような真似なんて絶対にしないから」

自分の生徒、と言った那須に、詠斗はわずかに眉を上げる。

「仲田先輩、那須先生のクラスだったんですか？」

「彼が一年生の時にね。当時は私も採用一年目で、特に自分のクラスの子とは絶対に仲よくなりたいって思ってたの。彼の素行の悪さは知っていたけど、どんな子にも平等に接してあげなくちゃって、変な正義感みたいなものに囚《とら》われてたんだよね。厳しく叱ったこともあったから、まさか好意を寄せられることになるとは思わなくて……」

仲田翼との関係を語る那須の表情に暗い影が落とされる。

「でも、私は教師で彼は生徒。一線を超えることはできないし、何より彼に対して恋愛感情を抱くことがなかった。根っからの悪い子ってわけじゃないと思うのよ、あの子も。だから、殺されたって聞いた時は驚いた……いくらなんでも、それはひどすぎるって」

那須の瞳にうっすらと涙がにじむ。その涙に嘘はないと、詠斗は純粋にそう思った。

「すみません、変なことを聞いちゃって」

「いいよ、気にしないで。誰だって真実を知りたい気持ちは同じだと思うから」

他の生徒からも尋ねられたり、あるいは教員同士の間でも話題になったりしているのだろう。少しうんざりといった顔をして、那須は力なく肩をすくめていた。

「……先生」

「なに？」

「僕、先生が殺したとは思っていません」

詠斗が言うと、那須は無理やり作ったような笑みを詠斗に向けた。

「ありがとう。嬉しいよ、信じてくれて」

その声は聴こえないけれど、つらい気持ちがうんと込められていることはわかる。いたたまれなくなって、詠斗は頭を下げてそそくさと職員室をあとにした。

人目につかないようもう一度屋上入り口前に戻り、美由紀に話しかけてみる。

「こいつが神宮司隆裕……の、はずです」

指でその人物を示す。窓は閉まっているはずのなのに、詠斗の髪がふわりと揺れた。

『どうしてそう自信なさげなんですか』

「人の顔と名前を覚えるのが苦手で」

『一年間同じクラスで過ごしてきた方なんでしょう？』

「他のヤツらとは極力関わらないようにしてましたから」

『それにしたってひどすぎます』

うぅ、と詠斗は顔を歪めた。他のヤツらにどう思われていても構わないが、彼女に言われると胸が痛むのはなぜだろう。

「……で、どうなんです？　先輩を襲ったの、こいつでした？」

無理やり話を事件のことに持っていくと、『うーん』と美由紀からうなり声が返ってきた。

『やっぱり写真じゃわかりづらいですね。直接ご本人に会ってみないと』

「じゃあ、また明日改めてってことにしましょうか。この大雨の中、わざわざ神宮司を訪ねるのはさすがに嫌だし」

『私は構いませんよ？　濡れませんから』

「あ、やっぱり幽霊だと雨に打たれても濡れないんですね。……というか、そもそも先輩って学校《ここ》か自宅か事件現場にしか現れることができないんでしたっけ」

『あなたについていくことができれば、どこへでも行ける気がします』

「できるようになったんですか？」

『試してみます？　それじゃ、手始めにあなたのおうちのお部屋まで』

「ちょっ、やめてくださいよ！」

『どうしてですか？　何か見られては困るようなものでも？』

「そういうわけじゃないですけど……」

『あ、もしかして女の子をお部屋に上げたことがないんですか？　私がはじめて？』

「いやありますよ！」

『だったらいいじゃありませんか』

「ダメダメダメ！　とにかくダメです！　俺の部屋に入っていいのは……っ」

言いかけて、詠斗は咄嗟に口をつぐんだ。ふふっ、と美由紀の笑い声が聴こえてくる。

『紗友ちゃんだけ、ですか？』

図星丸出しの顔で俯くと、もう一度美由紀の笑い声が降ってきた。

『妬《や》けちゃいますね』

そう言った美由紀の真意を、詠斗はどう受け止めてよいのかわからなかった。

第三章　真実に導かれて

昨日の雨とは打って変わって、今日はからりとよく晴れた春らしい日だった。

しかし、学校内は春の陽気とは似ても似つかぬ仄暗《ほの》い影に包まれていた。

誰もが恐れていたことが、昨晩ついに起こってしまった。

また一人、創花高校の生徒の命が何者かによって奪われたのだ。

「猪狩華絵《いかりはなえ》。詠斗は知らないかもなぁ……同級生なんだけどね」

登校早々、またしても紗友が詠斗に情報をもたらしてくれたのだが、前回の仲田翼殺害時と比べて彼女の足取りは格段に重い。今回は被害者が同級生なだけあって、紗友の瞳にはあきらかな恐怖の色がにじんでいた。

「ごめん、知らない」

「だろうね。仲田先輩ほど目立つ存在ではないけど、二年の中では割と名の通った子だと思う。いじめっ子集団のボス格って感じで」

「いじめっ子集団？」

また一段と不穏な空気が漂いまくりな言葉が飛び出し、詠斗は眉間のしわを深くした。

「集団っていうか、ほら、よくいるじゃん？　自分が少しでも気に入らないと思ったらその子を徹底的に排除しようとする人。華絵はまさにそのタイプだったの」

そんな人間がよくいたらたまらないと思ったが、女子の間ではそれが普通なのかと顔をしかめる。とはいえ、人付き合いを極力避けて生きてきた詠斗にとっては男も女も関係ないわけではあるのだが。

「でね、華絵と家が近所だっていう子に聞いたんだけど、昨日の夜中、華絵の家の前に警察がわんさか来て大騒ぎになってたんだって。ちょうど雨も上がってて、その子自身も何事かと思って外に出たらしいの。そうしたら華絵が道路に血を流して倒れてたって野次馬のオバチャン達が騒いでて……」

「血を？　また刺されてたのか？」

「ううん、頭から血が出てたって言ってる人がいたらしいよ」

「なら、美由紀先輩と同じで撲殺か」

かもね、と紗友は険しい表情をして頷いた。

「ちなみにだけど、華絵と美由紀先輩、同中《おなちゅう》なんだって」

詠斗は少し目を大きくした。殺害方法だけでなく、出身中学校にも繋がりが見えてきた。

「それにね、美由紀先輩が亡くなった現場と華絵の自宅、そう遠くない距離なんだって。華絵も美由紀先輩と同じで、自宅のすぐ近くで襲われたみたい」

「自宅の近くで？」

詠斗は難しい顔をして現場の状況を思い浮かべてみる。路上に倒れていたという猪狩華絵の遺体は、自宅のある住宅街の中で殴り殺され、その場に放置された状態だったということか。

美由紀の時は遺体を動かした形跡が見られた（警察は事故の偽装を疑っている）けれど、今回は殴ったその場所に遺体を残したままだった。美由紀と家が近所だというのなら、猪狩華絵の家だって例の階段からそう離れているわけではないだろう。そうでなくとも、あの辺りは坂の多い地域だ。他にも似たような階段があったっておかしくはない。それなのにどうして美由紀の時と違って階段から転がそうと思わなかったのかと、詠斗の疑問はどんどん膨らんでいくばかりだった。

「その猪狩華絵って子が見つかったのって、具体的には何時頃の話なんだ？」

「詳しくは知らないけど、華絵は駅前のラーメン屋さんでバイトしてて、その帰りに被害に遭ったんじゃないかって話だよ。だから、襲われたのはたぶん夜の十時くらいって感じじゃないかなぁ」

また午後十時前後。美由紀の時と同じだ。そして猪狩華絵は、仲田翼と同じく誰かから恨みを買うような行動を日常的に取っていた。うーん、と小さくうなりながら詠斗は腕組みをする。

前の二つの事件と似た部分がところどころに見られる。ここは一度状況を整理して、最初から一つ一つの事件を見直してみる必要がありそうだと詠斗は思った。それに、昨日殺されたという猪狩華絵についてはまだまだ情報が足りない。兄から聞かせてもらえる機会はあるだろうかと、ついその顔を思い浮かべてしまっては頭に痛みを覚える詠斗だった。

そんなことを考えているうちに担任教諭が姿を見せ、紗友は自分の席へと戻っていった。出席を取ったあと、放課後の部活動の中止と次の月曜日を休校にする可能性があることが担任から伝えられた。

あまり事件のことばかりを考えていると授業に遅れを取ってしまうので、ほどほどに考えを巡らせながらも午前中の授業をきっちりこなし、詠斗は弁当箱を片手にまっすぐ屋上へと向かった。

昨日の雨で濡れたであろうベンチはすっかり乾いていて、いつものように腰を落ち着けることができた。

この日は弁当箱が空になるまで、美由紀の声は聴こえてこなかった。辺りを見回すも、当然その姿は見えない。

「……先輩？」

立ち上がって呼びかけてみたけれど、やはり声は返ってこない。

「先輩」

詠斗の耳には、何の音も届かない。

嘘だろ——詠斗は目を見開いた。

「美由紀先輩ッ!!」

『はいっ、何でしょう？』

はっ、と詠斗は怖い顔をしたまま斜め上を見上げた。

「あぁ、よかった……聴こえた」

『すみません、ちょっと考え事をしていたもので』

すとん、と力なく詠斗はベンチにへたり込んだ。はぁ、と長く息を吐き出す。

『どうかされたんですか？』

悪意のかけらもないその一言に、詠斗はそっと俯いた。

「……怖かった」

『え？』

「また何も聴こえなくなったのかと思って……。いつもは先輩から声をかけてくれるのに、今日は全然聴こえてこなかったから」

自分の声すら聴こえない詠斗だったが、今はその声が震えているのがわかる。おかしいな、と自嘲気味に笑いながら、再び顔を上げて宙を仰いだ。

「今さら何を怖がってるんでしょうね、俺は。もう長いこと、音のない世界で生きてきたはずなのに」

　立ち上がり、転落防止柵に両腕をのせて体重を預ける。

「ここに来れば、先輩の声が聴こえてくるものだと思ってた。聴こえないことのほうが当たり前なのに、それこそ当たり前のように聴こえるものだと思い込んでました」

　凪いだ春風の中で、詠斗は遠い目をして雲一つない青空を見上げた。

「ダメですね。一度失ったものを取り戻してしまうと、ついそれに甘えたくなってしまう。いつまた聴こえなくなってもいいように、覚悟だけはしておかないと」

　ふぅ、と息を吐き出して、詠斗は体の向きを変えて今度は柵に背を預けて立った。

「また一人、被害者が出ましたよ」

　美由紀に何か言われる前にと、詠斗は昨夜の事件の話を振った。

『えぇ……私が考えていたのはその件についてです』

　さすがにもう知っていたか、と詠斗は話を先に進めた。

「猪狩華絵さんとは同中だって聞きましたけど、知り合いだったんですか？」

『知り合いも何も、幼馴染みみたいなものです。華ちゃんは私の弟と同級生で、通っていた幼稚園も同じでした。家も近所でしたし、小学生の頃は弟も一緒になってよく遊んでいましたよ』

　かわいそうに、と美由紀は今にも泣き出しそうな声で呟いた。もしかしたら、涙を流していいるのかもしれない。

「気の強い人だって聞きました。いじめをしていた、とか」

『昔からはっきり物を言う子ではありましたね。そういう性格なのだから仕方がないのでしょうけど、敵を作りやすい子だったことは否定しません。中学に上がってからは疎遠になってしまったので、いじめについてはよく知らないのですけれど……』

そうですか、と詠斗は腕組みをした。

第一の被害者・羽場美由紀と第三の被害者・猪狩華絵は幼い頃から付き合いのある間柄だった。美由紀の弟も含め、当然そこには共通の友人・知人が存在するだろう。その辺りをつついてみれば、どこかで仲田翼とも繋がりが見えてくるかもしれない。

「……ねぇ、先輩？」

はい、と美由紀の声が返ってくる。先ほどまでにじませていた悲しい響きはなく、いつも通りといった雰囲気が感じられた。

「もし犯人がわかって事件が解決したら……先輩、どうなっちゃうんですか？」

ふと頭を過《よぎ》ったことをそのまま口に出してみる。

もとはといえば、美由紀に頼まれて始めた犯人捜しだ。その役目を果たし、美由紀の願いが叶った時、美由紀の霊は一体どうなってしまうのか。

『残念ながら、それは私にもわかりません』

至極真っ当な答えが返ってきて、詠斗は少し目を細めた。

『何せ、幽霊になったのは初めての経験なものですから。道標《みちしるべ》もありませんし、すべてを天命に任せるしかないようです』

ふふっ、と笑ったその顔は見えないけれど、きっとものすごく前向きで楽しげなのだろうと思った。

「先輩、悩みなさそうだねってよく言われたでしょ？」

『なっ!?　……し、失礼なこと言わないでくださいよ！』

「やっぱりそうだったんだ」

『あ、今バカにしましたね!?　ありましたよ、私にだって悩みの一つくらい！』

「どんな悩み？」

『えーっと……ケーキに合うのは紅茶かコーヒーか、とか？』

「小さい悩みだなぁ」

ははっ、と詠斗は声に出して笑った。同時に、こんな風に笑ったのはどれくらいぶりのことだろうと、少しせつない気持ちも芽生えたのだった。

放課後、部活動が中止になってしまったため帰宅を余儀なくされた紗友と巧に、詠斗はまんまと捕まってしまった。紗友がすでに連絡を入れたからと、そのまま穂乃果の待つ兄の家に強制連行されることになった。

詠斗は電車で、紗友と巧は自転車で、それぞれ傑の自宅マンションへと赴いた。待ってましたと言わんばかりの明るい笑顔で穂乃果に迎え入れられた三人は、リビングに足を踏み入れた瞬間、同時に「あっ！」と声を上げた。

「兄貴！　なんで!?」

ダイニングテーブルに着いて柔らかく微笑んでいたのは、誰あろう傑だった。

「なんで、も何も、ここは僕の家だぞ？」

「そういうことじゃない！　どうしてこんな時間にここにいるんだよ!?」

「お前達がまた何やら楽しそうなことを始めようとしていると穂乃果から聞いてな。せっかくだから僕も会議に参加しようかと思って」

「何悠長なこと言ってんだよ。こんなところで油売ってる場合じゃないだろ！」

「油など売っていないぞ？　これも立派な捜査の一環だ。それに」

傑はダイニングテーブルの上に置かれていた大学ノートを取り上げてこれ見よがしに掲げてみせた。

「お前達だって知りたいだろう？　猪狩華絵が殺された事件の詳細を」

それは傑が事件の捜査でメモを取る際に愛用しているノートだった。ニヤリと笑う傑の顔に、詠斗は盛大にため息をつく。なぜか楽しそうに四人の様子をキッチンから眺めている穂乃果を横目に、詠斗達は傑にすすめられるままテーブルに着くのだった。

「猪狩華絵は駅前のラーメン屋でのアルバイト帰りに被害に遭ったようだ。店には普段から徒歩で通っていたとの証言が同僚数人から得られている。通報時刻は午後十時四十分。現場近くの家に住む大学生が第一発見者だ。道の真ん中で血を流して倒れていたためひき逃げに遭ったのではないかと思ったらしい。警察と救急隊員が駆けつけた時にはすでに息を引き取っていたそうだ」

傑の話と紗友が今朝拾い伝えてくれた情報との間に大きな差異はないようだ。一度美由紀の殺害現場へ足を運んでいた詠斗は、花屋に寄った時に確かラーメン屋の前を通ったな、と記憶を遡った。猪狩華絵がアルバイトをしていたのはその店だったのだろうか。

傑は詠斗に見えるようノートを広げて話を続ける。

「後頭部に大きな損傷が見られ、死因は外傷性ショック死と推定。頭の傷以外に目立った外傷がなかったため、ひき逃げの可能性は極めて低く、背後から何者かに殴打されたとみて捜査を進めている」

「背後から？　雨が降っていたのに？」

傑の向かい側から、詠斗はすかさず疑問を投げかける。

「事件当時、すでに雨は上がっていた。被害者の持ち物である傘が現場に残されていたが、閉じられた状態で発見されている。同僚の話によると、被害者がバイト先を出たのは午後十時を少し過ぎた頃で、店を出る前にその同僚と雨が上がっていることを確認し合う会話を交わしたそうだ」

そういえば、と詠斗は紗友が話を聞いたという友人も『雨が上がっていたので様子を見に外へ出た』と言っていたことを思い出す。

「有力な目撃情報は今のところなし。ちなみに二人目の仲田翼殺しの際に名前の挙がった神宮司隆裕だが、猪狩華絵殺害当時は自宅にいたそうだ。ただ、体調不良のため二階の自室で寝ていたらしく、家族の誰もその姿を見ていないため確実なアリバイがあるわけじゃない」

そう傑が言った直後に巧が「学校には昨日から来てないって聞いたぞ？」と情報を付け加えたと紗友が詠斗にメモを見せて教えた。現在紗友は傑の隣で書記役に専念している。

「マジで神宮司が犯人なんじゃね？」

巧は詠斗が自分のほうを見たことを確認してから言った。「けど」と詠斗は首を捻る。

「神宮司には仲田先輩が殺された時に完璧なアリバイがあるんだぞ？　それに、神宮司にあるのは仲田先輩殺害に関する動機だけだ。美由紀先輩や猪狩華絵が殺された理由はどう説明する？」

詠斗の指摘に、巧は腕組みをして顔をしかめた。

「……実は翼くんが死んだ時間が警察の見立てと違ってた、ってのはどうだ？」

まったくあり得ない話ではないな、と傑が手を挙げてから発言する。

「確かに遺体の温度を調節して死亡推定時刻を狂わせる方法は存在する。遺体を温めて体温を上げれば死亡推定時刻は実際よりも遅くなるし、逆に冷やせば早まる。しかし、もしも神宮司隆裕がそのようなアリバイ工作を施したのだとしたら、他の二人にも同じ方法を用いて自らのアリバイを立証しようと画策するのが普通だろう。もちろん、神宮司が本当に犯人で、今回起こった三件の殺人すべてに関わっていたのだとしたらの話だが」

確かに、と詠斗は思った。この一連の事件は同一犯の仕業ではないということか？

一人目の美由紀が殺されてからおよそ一週間が経って、仲田翼は殺された。仮に同一犯ではないとして、美由紀の事件とは別の犯人……たとえば殺害動機を持ちうる立場にある神宮司隆裕が、美由紀の事件に便乗して仲田翼を何らかの方法で殺害したとも考えられる。猪狩華絵が殺された事件についても同様だ。三件すべてが違う人間の仕業であるという可能性を完全には捨てきれない。かといって同一犯ではないという証拠があるわけでもなく、議論は平行線をたどるばかりだった。

同一犯か複数犯か、どちらかを決定づける重要なピースが足りないのだ。どこかで何かを見落としている。それが一体何なのか、詠斗は必死に考えた。

「工作といえばさぁ」

ペンを握ったままそっと手を挙げた紗友が、自信のなさそうな顔で言う。

「仮に……仮にだよ？　今傑くんが話してくれたこととは矛盾するけど、三件とも同じ犯人がやったことだったとして、美由紀先輩の時は階段から落ちたっていう事故死に見せかけようとしてたじゃない？」

うん、と詠斗は頷き返す。紗友と巧は、事件についての情報や警察の見解を詠斗からある程度伝えられていた。

「でも、華絵は美由紀先輩と同じように殴り殺されたのに、遺体はその場に放置されてたんでしょ？　それって変だよね。どうして犯人は美由紀先輩の時だけ事故に見せかけようとしたんだろ……？」

「××××ってことじゃねぇのか？」

「え、何？」

突然口を開いた巧に詠斗が眉を寄せると、巧は改めて詠斗のほうを向いて言い直した。

「それだけ心に余裕があったんじゃねぇかって思ったんだよ」

「余裕？　……そうか」

詠斗はぱっと顔を上げた。

「こんな言い方はしたくないけど、殺人だって回数をこなせば多少なりとも慣れてくるものだよな。なら、一人目である美由紀先輩の時に立派な工作をしておいて、三人目の猪狩華絵の時には何の細工も施さなかったのは、馴れが出てきたおかげだと考えてもおかしくはない」

だよな、と巧も同意する。

「三件目ともなりゃわざわざ細工なんてする必要もねぇだろって思ったわけだ」

「そう。そういう意味での〝余裕〟な。度胸がついたっていうかさ」

「××××××××」

傑が頷きながら何かを口にする。「あり得る考え方だって」と紗友がすかさずフォローを入れた。

「ところで、詠斗」

兄に尋ねられ、ん？　と詠斗は小首を傾げた。

「その後、どうだ？　羽場美由紀の霊からは何か聞き出せたか？」

「あぁ、えっと……」

ちょうどいいタイミングだと思い、詠斗は紗友からペンを受け取ってすべての事象を整理してみることにした。

「美由紀先輩と仲田先輩の間に接点はなし。でも、猪狩華絵とは幼馴染みのような間柄だった。神宮司隆裕については名前も聞いたことがないらしい。実際に神宮司を先輩に会わせて犯人かどうか確認してもらおうと思ったんだけど、神宮司は学校を休んでいて会えなかった」

名前の隣に矢印や×印をつけ、なるべくわかりやすく相関図を作成していく。

「美由紀先輩は毎週火曜・水曜・木曜に塾へ通っていて、殺害現場の裏路地をいつも通塾に利用していた。で、実際四月三日の水曜日に被害に遭っている。通り魔的犯行ではなく最初から美由紀先輩を狙った犯行だとしたら、犯人はあらかじめ先輩の行動パターンを把握した上で事に及んだと考えて……」

言いかけて、詠斗はふと思い立ったように顔を上げた。

「仲田先輩……どうして現場の竹林に行ったんだろう？」

詠斗の小さな呟きに、紗友と巧は眉をひそめた。

「仲田先輩が殺されたのって、犬の散歩でもなかなか通らないような人気のない場所だったんだよな？　何の用があってそんなところに出向いたんだ？」

「犯人に呼び出されたんじゃないの？」

五人分の麦茶を運んできた穂乃果が挙手で詠斗の気を引いてから言う。でも、と詠斗は首を捻った。

「美由紀先輩は塾帰り、猪狩華絵はバイト帰りをそれぞれ狙っている。なのに、仲田先輩だけわざわざ呼び出して殺した？　なんか不自然な気がするんだけど……」

「仲田翼にだけ行動パターンに一貫性がなかったんだろう」

詠斗が自分のほうを向いていることを確認してから、傑はそう指摘した。

「僕達が調べた限りだが、仲田翼は羽場美由紀と違って塾には通っていなかったし、猪狩華絵のようにアルバイトもしていなかった。夜遊びばかりしていたようで、所轄の少年係が彼のことを把握していたよ。たまり場のような場所もあったようだが、事件現場となった竹林とは遠く離れている上にそこそこ人の出入りがあって常に騒がしかった。呼び出す他に彼と二人きりで会うことは難しかったんだろうな」

そういうことなら、と詠斗はやや強引だが自分自身を納得させた。それに、事件が同一犯によるものでないならば、この点については考慮する必要のないことだ。各々の方法でターゲットと接触し、事を起こせばいいだけの話なのだから。

相関図の続きを書こうと、詠斗は穂乃果が出してくれた麦茶を一口含んで再びペンを握った。

「紗友、改めて聞くけど、仲田先輩と猪狩華絵との間に何か繋がりはありそうか？」

「ううん。私も気になってあれからいろいろ聞いてみたんだけど、二人が知り合いだったっていう話は誰も言ってなかったよ。華絵と神宮司くんとの繋がりも探ってみたけど、こっちも空振りだった」

そうか、と呟きながら詠斗は相関図を書き足していく。

「それから、華絵のいじめの件だけどね」

詠斗の手が止まったタイミングを見計らい、紗友は報告を続けた。

「亡くなった子を悪く言いたくないけど、これが結構ひどくてさ……。ここ最近は徹底排除方式をやめて、ターゲットをわざわざ自分のグループの中に引き入れて、周りには仲よくしているように見せつつ実は自分の下僕みたいな扱いをするっていうやり方をしてたんだって」

「下僕？」

「『あたしの言うことが聞けないならグループから外す』って言って脅してたみたい」

なるほど、そういうやり方もあるのかと詠斗は納得するように頷いた。仲間はずれにされないながらも、そんな風に脅迫されれば精神的苦痛は相当なものだろう。場合によってはいじめの被害者が殺人の加害者になることも十分考えられそうである。

詠斗の隣で、巧が呆れた顔で頬杖をついた。バッカじゃねぇの、とでも言っただろうか。

「そんなヤツと同じグループなんてさっさと抜けちまえばいいのに。いいようにパシらされて何が楽しいんだよ？　猪狩なんて、そんな目に遭ってまで一緒にいる価値のある女でもねぇだろ」

「たぶんだけど……グループを外されたらもっとひどい目に遭わされると思ったんじゃないかな」

　神妙な面持ちで紗友は言う。

「どんな形であれ、華絵みたいないわゆるスクールカースト上位層の子と一緒にいられることをステータスだと思う子って結構いるんだよね。そのために無理して付き合うっていうか……。まぁ、××ちゃんがそういう考えを持っている子なのかどうかはわからないけど」

「え、誰？　何ちゃん？」

　詠斗は初めて出てきた名前に眉をひそめた。

「草間《くさま》千佳《ちか》――ここしばらく華絵のターゲットにされた子だよ」

　紗友が紙の端にその名を書くと同時に、「えっ？」という顔をして巧が身を乗り出した。

「草間っつったらお前……猪狩とは真逆のタイプの女子じゃねぇか！」

「そうそう、まさに華絵の言いなりにされそうな子だよね。華絵に限らず、誰に対しても強く出られない子っていうか」

　紗友は〝草間千佳〟の文字の下に彼女の性格を書き込んでいく。

　要するに彼女は、はっきり自分の意見を言えず他人に流されるイエスマンなのだ。たとえ嫌なことでも断り切れずに損をするタイプ。これが陰湿ないじめとなるとかなり厄介だ。とてもじゃないが彼女自身の力で抜け出すことはできないのだろうな、と草間千佳の顔なんてまるで浮かばない詠斗だったが、少しだけ彼女に同情してしまった。

「はー！　なんか腹立ってきたわ、オレ」

　鼻の穴を広げ、巧は椅子に踏ん反り返った。

「オレだって死んだヤツのことなんか悪く言いたかねぇけどよ、やっぱ間違ってるよな、猪狩のやってたことって。他人から恨まれても仕方ねぇっつーかさ！」

　がしがしっと乱暴に頭を掻いた巧は、はあぁ、と大きく息を吐き出した。

「ったく、猪狩のヤツ……チビのくせに態度だけはでけぇんだよなー。ダメだわ、オレ。ああいうタイプの女とは友達にすらなれる気がしねぇ」

「友達も何も、猪狩華絵はもう……」

　そう言いかけて、詠斗はハッと顔を上げた。

「巧、今何て言った？」

「は？」

　詠斗の真に迫る顔に、巧は少しうろたえながら眉間にしわを寄せた。

「なんだよ、急に……」

「紗友」

巧の言葉を遮り、詠斗は紗友へと視線を移す。

「猪狩華絵ってどんな外見してる？」

「外見？　うーん……背の低い菜々緒《ななお》、みたいな感じかな」

口に出したそのままのことを、紗友は相関図の中の〝猪狩華絵〟の文字の下に書き込んだ。

「菜々緒？　女優の？」

「そうそう。華絵もあんな感じで目がぱっちりしてて、髪も長いストレートなの。綺麗な黒で、すっごいつやつや」

「背が低いって、身長は具体的にどれくらい？」

「そうだなぁ……私が一六〇センチだけど、私よりも小さかったから、高く見積もっても一五五センチってところじゃないかな？」

「一五五センチ……」

小さく紗友の言葉を繰り返し、今度は書きかけの相関図に目を落とす。

まさか、と心臓がとび跳ねた。詠斗の脳裏に、ある一つの可能性がはっきりと描かれ始める。

猪狩華絵からいじめを受けていたという草間千佳。そして、仲田翼からの恐喝に遭っていた神宮司隆裕。二人がそれぞれ殺意を抱き、その上で何か大きなきっかけを与えられたのだとしたら？

しばらく相関図を眺めてから、新たにもたらされた情報を黙々と書き足していく。

手のひらにじわりと汗がにじんだ。

「紗友、もう一つ聞いていいか？」

「うん、何？」

「神宮司隆裕って左利き？」

「え？　そうだけど、何で……？」

だよな、と呟いた詠斗は紗友から傑へと視線を移した。目が合った傑は、自信に満ち溢れた顔で口角を上げている。

「兄貴、これって……？」

「あぁ。それが真実だとしたら、羽場美由紀の事件が事故に見せかけられた理由にも一応の説明がつくな」

「いや、でも……」

言葉を失い、詠斗は兄から視線を外して俯いた。

もしも今頭に浮かんでいることが真実なら、これほどまでに信じたくないものはない。こんな真実のために奔走してきたのかと思うと、やりきれない気持ちでいっぱいになった。

「……なぁ、兄貴」

そっと顔を上げ、詠斗はまっすぐに兄の目を見る。

「一つだけ、わがままを聞いてもらいたいんだけど」

これが真実なのだとしたら、受け止める以外に選択肢はない。ならば、せめて終わらせ方だけでも選ばせてほしい。

できることなら、少しでも救いのある終わりを。

この一連の事件に関わる、すべての人達のために。

心に強く宿った想いを、詠斗は兄に対して目で訴えた。

「一つでいいのか？」

立ち上がりながら、傑は詠斗に微笑みかけた。

「お前のわがままならいくつでも聞いてやるぞ？」

その偽りのない笑みから視線を逸らし、詠斗はくしゃりと髪を触った。

五人はその後も事件についてしっかりと話し合い、会議を終えた傑は詠斗からの頼み事を叶えるべく颯爽《さっそう》と自宅マンションをあとにした。詠斗達三人の高校生もそれぞれ帰宅すると穂乃果に告げると、「残念ね、またカレー食べにいらっしゃい」と本当に残念そうな顔で見送られた。

「じゃあな、詠斗」

マンションの駐輪場から自転車を引っ張り出しながら、巧は片手を上げて自転車に跨《また》がった。

「紗友は？」

「あぁ、なんか携帯いじってたぞ。すぐ来るだろ」

ふぅん、と詠斗は駐輪場のほうへと目を向ける。

「巧、紗友のこと家まで送ってやってくれないか？」

「おいおい、何言ってんだよ？　そりゃオレの役目じゃねぇだろ」

「はぁ？」

詠斗が睨むと、巧からニヤリと意味ありげな笑みが返ってきた。

「とにかく、お前の兄貴から連絡があったら知らせてくれ。じゃあなー」

「おい、待てってって……！」

詠斗が引き留める声に振り向きもせず、巧は瞬《またた》く間に遠く小さくなってしまった。

朱に染まり始めた薄青の空を見つめ、詠斗は小さく息をつく。

「あれ、巧くんは？」

少し遅れて自転車を押しながらやってきた紗友は、詠斗の肩をぽんと叩いてキョロキョロと辺りを見回した。

「帰った」

「帰った？　もう？」

紗友は巧の消えていった西の方角を見つめ、「早いなぁ」と呟いたようだ。

「送るよ」

残された詠斗は紗友に向かってそう言うと、「えっ」と驚いた顔を向けられた。

「いいよ、すぐそこだし」

「俺、駅に行くから。お前んちのほう通ってく」

「駅？　どこ行くの？」

一瞬にして心配の色をにじませた紗友の瞳が詠斗をそっと覗き込む。

「美由紀先輩の事件現場。……先輩に会いに」

静かに答え、詠斗は紗友の家に向かって歩き始めた。しかし、すぐさま自転車のサイドスタンドを立てた紗友に腕を掴まれ、強引に体の向きを変えさせられる。

やっぱり心配そうな顔をして、紗友は詠斗に尋ねる。

「ねぇ……大丈夫？」

「……わからない」

その答えに一番驚いたのはたぶん自分だろうと詠斗は思った。

わからない、なんて曖昧な言葉を紗友に対して口にするなんて。そんなことを言ったら、間違いなく紗友は自分にくっついて離れなくなるというのに。

「一緒に行こうか？　私も」

詠斗の予想に反することなく、一歩踏み出しながらそう言う紗友。詠斗は首を横に振る。

「ごめん、心配かけるつもりじゃなかった。一人で大丈夫だから」

「ほんと？」

「ほんと」

もう一度「大丈夫」と口にして、詠斗は紗友に笑みを向けた。完全には納得していない様子の紗友だったが、最終的には詠斗の意向に沿い、詠斗に見送られながら自宅へと帰った。


紗友を家まで送り届けたその足で、詠斗は再び電車に乗り、美由紀の殺害現場へと向かった。到着する頃には西の空が真っ赤に染まり、日暮れまであまり時間がないことを告げていた。

「美由紀先輩」

そこにいるのかいないのか、見た目にはわからない。

けれど、なぜか今日は自信があった。先輩は今、自分の目の前にいるはずだと。

『こんばんは、詠斗さん。どうしたんです？　こんな時間に』

やっぱり、と心の中で呟きながら詠斗は微かに笑みをこぼした。

「こんな時間と言うほどでもないでしょう」

『そうですか？　もう日が暮れますよ？』

「たまには夜遊びしたっていいじゃないですか。小学生じゃないんだし」

『夜遊びと言うにはまだ少し早い気が』

「先輩が〝こんな時間〟なんて言うから」

姿こそ見えないけれど、きっと美由紀は楽しそうに笑っている。そう思うと、詠斗の顔にも自然と笑みが浮かんできた。

こんな瞬間を楽しみたい、ただそれだけの理由でここへ来たいと思ったのかもしれない。

もちろん、本当は違う。違うとわかっているのだけれど、そう思うことくらい許されたっていいじゃないかと、詠斗は誰にともなく反抗してみる。

真剣な表情に切り替えてから、ここへ来た真の目的を果たすべくいつものように斜め上を仰いだ。

「先輩に一つ聞きたいことがあって」

『はい、何でしょう？』

「猪狩華絵は駅前のラーメン屋でアルバイトをしていたらしいんです。それで、もしも先輩が猪狩華絵だったとしたら、バイトの行き帰りにはどの道を通りますか？」

『なるほど……そうですねぇ、この辺りに住む人なら迷わず今いるこの路地を使うでしょう。華ちゃんも例外ではないと思いますし、そこの十字路を左に折れて少し行ったところが華ちゃんの自宅ですから』

美由紀の言う〝そこ〟というのはおそらく、今詠斗が立っている美由紀の殴り倒されたこの位置から件の階段方面へ向かって少し歩いた先にある十字路のことだ。右へ曲がると信号のある大通りへと繋がり、左へ折れた先には一軒家の立ち並ぶ住宅地が続いている。猪狩華絵が被害に遭ったのは自宅近くの路上だという話なので、美由紀の言う通り猪狩華絵もこの路地を通って帰路に着いたのだろう。

「やっぱりそうですよね」

そう呟いてから、詠斗は改めて斜め上を仰ぎ見た。

「ようやく犯人がわかりそうですよ、先輩」

詠斗がここへ来た理由。

それは、捜査が大きく進展したことを美由紀に伝えるためだった。

『本当ですか？』

「えぇ、今兄貴が裏取りに動いてくれています。早ければ明日にはすべてが明らかになるはずです」

　そうですか、と言った美由紀の声が妙に落ち着いていて、詠斗は思わず眉をひそめた。

「嬉しくないんですか？　事件の真相解明が先輩の望みだったはずでしょう？」

『……そのセリフ、そっくりそのままお返ししても？』

「え？」

　思わぬ一言に、詠斗は素直に驚いてしまった。

「どういう意味ですか？　それ」

『どうもこうも、あなたのほうが全然嬉しそうじゃないからですよ。どうしてそんなに暗い声で言うんです？　せっかく真相がわかりそうだというのに』

「それは……」

　次の句が継げないまま、詠斗はそっと俯いた。頭の中で、出せない答えをいつまでも探し続けている。

　もし。

　もし先ほどの会議で出された結論が本当に真実だったとしたら。

　事件の真相を、自分は美由紀に一体どう伝えればいいのだろう。

考えて、考えて、考え抜いた末に選んだ言葉だったとしても、詠斗には美由紀の心を傷つけてしまう未来しか見ることができなかった。命を落とし、訪れるはずだった未来を奪われたという事実だけでも、彼女にとっては十分につらい現実なのだ。これ以上その傷を抉《えぐ》るような真似などしたくないのに、詠斗がこれから伝える言葉は、美由紀に向かってまっすぐ抜かれた鋭い刃を持つ刀のようだとしか思えなかった。

『大丈夫ですよ、私なら』

詠斗の気持ちを察したのか、美由紀は優しい声で言った。

『あなたの言う通り、すべての真実を知ることが私の願いです。それは今でも変わりませんし、どんな真実だって受け止める覚悟はできています。知らないままでいるほうがつらいですからね、私にとっては』

どこまでもまっすぐな彼女の言葉に、詠斗の顔がやや下がる。きっと今、彼女は柔らかく微笑んでいるに違いない。

「……やっぱり強いなぁ、先輩は」

そう、彼女は強い人だと詠斗は思った。

音のない世界で生きる詠斗と同じように、美由紀もまた、詠斗以外の誰にもその想いを届けられない苦しみの中をさまよっている。それなのに、美由紀は詠斗のずっと先を、ただ前だけを見て懸命に進んでいく。

詠斗は静かに目を伏せる。

死してなお笑っていられる彼女の強さに、己の弱さを思い知らされた。

『ねぇ、詠斗さん』

美由紀の声が聴こえてきて、詠斗はゆっくりと目を開けた。

『どうしてあなたは、私のことを強いと思うのでしょうね？』

「え？」

『強い人って、どんな人のことを言うと思いますか？』

言葉の意味が本当にわからなくて、詠斗は眉を寄せて宙を見上げた。

「それ、どういう……？」

『考えてみてください』

まるで語尾に音符マークでもついているかのように、美由紀は楽しそうな口調でそう言った。

――先輩のことを、強い人だと思う理由？

どうしてだろう、と詠斗は小さく首を捻る。

美由紀のことを強いと思う気持ちは確かにある。けれど、彼女がどんな人だから強いと思ったのか、その理由を考えたことは今まで一度もなかった。

いつだって前向きで、現実を受け入れる覚悟のできている人だから？

命を落としてもなお、楽しそうに笑っているから？

違う、と首を横に振る。彼女はそんな答えを期待しているのではない。

美由紀の声が初めて聴こえてから五日。彼女のことはそこそこ理解しているつもりだったが、それでも詠斗は道に迷い、彼女の求める答えになかなかたどり着くことができなかった。

『はい、時間切れ』

三十秒ほど経ったところで、美由紀の声が詠斗の思考を遮った。

「えっ、時間制限アリだったんですか」

『当たり前です。クイズにタイムリミットはつきものでしょう？』

「クイズって……」

そんな軽々しい問いではなかったはずだが、と詠斗はやはり頭を抱えた。しかし美由紀は詠斗の苦悩などまるで無視するかのように、ふふっ、と楽しげな笑い声を返す。

『答えは教えません。自分で見つけることに意味があるからです。代わりに、人生の先輩として一つだけアドバイスを』

一呼吸置いて、美由紀は改めて口を開いた。

『強がることと強いことは違います』

え、と詠斗は微かに声を漏らした。

『強がりは時に自分を傷つける刃《やいば》になります。自分で自分を傷つけるような人は、強い人とは言えません』

その意味を上手く自分の中に落とし込めなくて、詠斗はその場に立ち尽くすことしかできなかった。

『答えはぜひ、あなた自身の力で見つけてください』

詠斗は何も言えないまま、じっと宙を仰いでいた。

綺麗に笑った美由紀の顔を、沈みゆく夕陽の中に見た気がした。

第四章　涙の理由

翌、土曜日の午後一時。

昼前になってようやく傑から連絡が入り、詠斗達がたどり着いた事件の真相におよそ間違いはないだろうとのことだった。

紗友と巧にも声をかけ、詠斗は二人とともに美由紀の殺害現場へと赴いた。

「先輩」

到着するや否や、詠斗は美由紀に声をかける。

『はい、こんにちは。皆さんお揃いのようで』

「先輩、これから一連の事件の犯人がここへ来ます。そいつが本当に先輩を襲った犯人かどうか、見てもらってもいいですか？」

丁寧にお願いするも、しばし沈黙の時が流れた。

『……わかりました。協力します』

返ってきた声はどこか不安げで、いつものような明るさはない。詠斗は斜め上を見上げた。

「怖いですか？」

『そうですね、少し』

「やめましょうか？　面通し」

『いえ、大丈夫です』

「本当に？」

『はい。でもやっぱり怖いので、あなたの後ろにくっついていることにします。そうすれば、何かあってもあなたが守ってくれるでしょう？』

「何かって……」

幽霊を相手には何をすることもできないと思うのだが、美由紀がそれで落ち着けるのならそうしてもらえばいいか、と詠斗は頭を掻いた。

「……取り憑かないでくださいよ？」

『ご心配なく。未だに取り憑き方を知りませんから』

振り返りながらそう言った詠斗は、自分のすぐ後ろで険しい顔を並べている紗友と巧の存在に苦笑した。二人には自分が一人でしゃべっているようにしか見えないのだということを思い出し、もう何度目かの不思議な気持ちを味わうのだった。

まもなくして、傑が二人の少年少女を引き連れて姿を現した。

傑とともにやってきたのは、神宮司隆裕と草間千佳だった。

「待たせたな、詠斗」

後ろをついて歩いてきた二人の背中にそれぞれ手を回して自分の前に立たせながら、傑は爽やかな笑みを浮かべて言った。

「いや、俺達も今来たとこだから」

神宮司隆裕、そして草間千佳はそれぞれ目を合わすこともなく、不安げな面持ちで佇《たたず》んでいる。

『……目』

不意に、美由紀の声が聴こえてきた。

『あの糸目、とてもよく似ています。というか、たぶんそう……私があの時振り返って見たのは、そこに立っている男の子だと思います』

神宮司隆裕のことを指して言ったのであろう美由紀の言葉に、詠斗は大きく頷いてみせた。その証言だけで十分だ。あとは神宮司本人とのやりとり次第でどうにでもなる。詠斗はそう確信した。

一歩前に踏み出すと、二人の同級生に向かって口を開いた。

「ごめんな、わざわざ休みの日に出てきてもらって」

「××××××」

神宮司が何かしゃべったようだが、口の動きが小さくて言葉がうまく読み取れない。

『「謝るくらいなら呼び出さないでほしいんだけど」だそうです』

ぐっと眉を寄せていると、ふわりと詠斗の髪が揺れ、美由紀の声が優しく届く。

『どうぞ、話を続けてください。今だけですが、私があなたの耳になります』

はっ、と詠斗は目を見開いた。

拳を強く握りしめる。先輩はきっとすぐ隣にいてくれるはずだと、詠斗の心に強い光が宿った。

もう一度、詠斗はまっすぐ神宮司と目を合わせる。そして、改めて話を切り出した。

「わかってるよな？　二人とも。どうしてここに呼ばれたのか」

「……何の話？」

「頼む、神宮司」

不満そうに顔をしかめる神宮司に、詠斗は祈るように言った。

「自首してくれ」

その声にハッとした表情を浮かべたのは草間千佳だった。見る見るうちに青ざめていき、顔を上げられないでいるようだ。

詠斗が傑にした頼み事。

たとえ真実がわかっても、安易に逮捕しないでほしい。できることなら、二人には自首をしてもらいたいから。

自首を勧めるための時間を作ってもらうこと、それが詠斗の願いだった。

「……自首？」

うろたえる草間千佳の隣で、神宮司もわずかに視線を泳がせた。

「どうして僕が？」

「もう全部わかってるんだ。俺達に説明させないでくれ」

「ぜ、全部って……？　君は一体何の話を……？」

シラを切り続けるつもりか、神宮司は一向に首を縦に振ろうとしない。その反面、草間千佳は今にも崩れ落ちそうになるのを必死に堪えているようだった。

『「てめぇ何グズグズ言ってんだよ！」とタクミさんがおっしゃっています』

振り返れば、美由紀の通訳通り巧がものすごい剣幕で怒りを露《あらわ》にしていた。

「……先輩、そういう細かいところは拾わなくていいですから」

言ってから、しまった、と詠斗は思った。うっかり美由紀に声をかけてしまい、慌てて神宮司たちのほうへ向き直ると、案の定何事かという表情で二人は詠斗のことを見つめていた。

軽く咳払いをして、場を仕切り直す。

「自分から話す気はない、ということでいいんだな？」

「話すも何も……僕にはやましいことなんてないよ」

はっきり言い切ったものの、その頬には一筋の汗が伝っている。虚勢を張ってどうにかこの場を取り繕うつもりか、と詠斗は思わず彼を睨んだ。

しかし、これでは埒が明かない。兄に目を向けると、一つ頷きが返ってくる。

仕方がないとばかりに詠斗は小さく息をつき、事件の真相についてゆっくりと語り始めた。

「今回起きた一連の事件の目的は、仲田翼先輩と猪狩華絵さんを殺すことにあったんだ」

二つの名前が出た瞬間、神宮司も草間千佳もぴくりと眉を動かした。

「神宮司は仲田先輩から恐喝の被害に遭い、草間さんは猪狩さんからいじめを受けていた。あんた達二人がどこで互いのことを知ったのかはわからないけど、どちらかが言い出したんだろうな……仲田先輩と猪狩華絵さえいなくなれば、自分達は救われるんだって」

自らを脅《おびや》かす悪を打てば、平穏な日々が訪れる。そう信じたくなるほど、二人の心は逼迫《ひっぱく》していたのだろう。

「しかし、どれだけ上手く動いてそれぞれの敵を殺したとしても、警察がきちんと調べればまず間違いなく疑われてしまうことくらい子どもにでもわかることだ。そのリスクを犯してもなお、あんた達は仲田先輩と猪狩さんを殺すことでつらい現実から逃れるという方法を選ぶことに決めた。そして、少しでもリスクを避けようと、ある作戦に打って出ることにした」

スッと神宮司の糸目がさらに細くなる。詠斗は構うことなく続けた。

「仲田先輩を草間さんが、そして猪狩さんを神宮司が殺す……互いに殺したい相手を入れ換え、それぞれの殺害時刻にアリバイを作ることで、警察からの疑いの目を避けようと考えたんだ」

二人が選んだ、いわゆる〝交換殺人〟という手法。

確かに捜査の撹乱《かくらん》という観点において有効な手段の一つではあるが、この方法を用いる最大のメリットは被害者と加害者との間にまるで接点がないということだ。ネット社会と言われる現代において、不特定多数の中から条件に合致する人と手を組み交換殺人を成立させようと目論《もくろ》むなら成功率も上がりそうだが、今回は同じ高校の関係者の中ですべての事件が起こっている。恐喝やいじめが殺人の動機に直結するかはともかく、これだけ狭いコミュニティの中で何件もの殺人が起これば誰かしらが交換殺人を疑い出す可能性はあるだろう。うまい手を使ったとはおよそ言えそうにない。

「実際、神宮司に関しては仲田翼殺害時に完璧なアリバイがある。草間さんについてもそうなんだよな？　兄貴」

兄貴？　と神宮司は眉をひそめて後ろを振り返った。黙って話に耳を傾けていた傑は、詠斗に応えるように口を開いた。

「猪狩華絵が殺されたのは二日前の午後十時すぎ。その時間、草間千佳は大学生の姉とともに自宅近くのレンタルショップにＤＶＤを返却しに行っていた。店の防犯カメラに映像が記録されていた上に、店員が顔を覚えていたよ。ちなみに羽場美由紀が殺された四月三日にも、同じレンタルショップの防犯カメラに草間千佳の姿が映っていたのを確認している」

ありがとう、と言ってから、詠斗は話を先に進める。

「こうして作られた完璧なアリバイは、たとえ殺す動機があったとしても実際には殺すことができないという証明となり、警察の捜査を行き詰まらせることに成功した。もちろん猪狩華絵殺害時には神宮司にアリバイがなく、そして仲田翼殺害時には草間さんのアリバイがない。これも警察の調べでわかっている。動機の線から一度は疑いをかけられたとしても、それぞれのターゲットを交換することによってアリバイさえ作ってしまえば、何か決定的な証拠が出ない限り自分達が逮捕されることはないだろうと考えたんだ。実際、その通りになったしな」

一息に話した詠斗は、ここで一度言葉を切る。すると、神宮司がやや俯けていた顔をふっと上げた。

「すごい推理だね、吉澤くん。けれど君自身が言うように、決定的な証拠が今のところ何一つ提示されていない。君が今話しているのは単なる憶測でしょ？　証拠もなしに犯人扱いされるというのは、ちょっと……」

ねぇ？　とこの時初めて神宮司は草間千佳のことを見た。その草間千佳といえば、相変わらず青ざめた顔をして縮こまるばかりで神宮司のほうを見ようとはしない。

「証拠ならある」

詠斗がそう告げると、神宮司の顔から余裕の色が消えた。

「第一の被害者である羽場美由紀先輩が殺された夜、この辺りでお前を見たと言っている人が見つかった。写真じゃわからないって言われたから、実際にお前の姿を目で見て確認してもらったんだ。目が特徴的だったんでよく覚えていると、そうはっきり証言してくれたよ」

「嘘だッ！」

神宮司は目を大きくして一歩踏み出した。

「犯行はすべて夜の出来事だったんだろ⁉　暗い夜道で人の顔なんか判別できるはずが……っ」

そこまで一気にまくし立てたところで、神宮司は大きくした目をさらに見開いてその場に凍りついた。

「そうなんだよ」

冷静さを失った神宮司と対照的に、詠斗は冷ややかな口調で言った。

「こんな細い裏路地じゃ、夜になれば真っ暗で街灯もあてにならないだろうな。そんな場所で見知らぬ誰かの顔を判別することなんてそう簡単にはできないんだ。それはお前を目撃した人に限らず、お前自身にも言えること。だからお前は、美由紀先輩を殺すことになってしまった……標的にしていた猪狩華絵と見間違えて」

ザッ、と小石をなでる音こそ聴こえないが、神宮司は踏み出した一歩をそっと後ろに下げた。言い返す言葉が見つからないのか、握った左の拳をわなわなと震わせている。

「猪狩華絵も美由紀先輩も、小柄で長い黒髪が特徴の女性。夜間、それもお前にとっては慣れない土地で、似たような見た目の女の人が同じ制服を着て歩いていたんじゃ見間違えたって仕方がない。猪狩華絵のアルバイトが終わるよりもたまたま早く塾を出て、物陰に隠れてターゲットを待ち伏せしていたお前の目の前をたまたま通りかかった美由紀先輩は、運悪くお前に殴られて命を落としてしまった。初めての殺人でひどく緊張していたんだろうな。顔もろくに確認せず、背丈や服装、髪型だけで、お前は通りかかった美由紀先輩のことを猪狩華絵だと思い込んでしまったんだ」

偶然で片づけるにはあまりにもつらい現実だ。とはいえ、この推理以外に適当な答えは導き出せないのだから、これを真実と考える他に道はない。口にしておきながら、詠斗は胸が苦しくなった。

『そういうことだったんですね』

細く、か弱い美由紀の声がそっと詠斗の耳に降り注ぐ。

今この瞬間、初めて自らの事件の真実を知った美由紀。どんな顔をしているか、想像することすら憚《はばか》られる。

『そういえば私、昔から華ちゃんとはよく間違われていました。特に後ろ姿はそっくりなようで、似たような服を着て姉妹だと嘘をついて、道行く知らないおばさん達を騙《だま》して遊んだこともありましたねー』

懐かしいことを思い出しました、と美由紀はまるで縁側でお茶を飲みながら話しているようなほのぼのとした空気を漂わせ、ふふっと楽しそうに笑った。

違うでしょう！　と詠斗は心の中で叫んだ。ここはもっと神妙な声で『信じられません……そんな理由だったなんて』というような心底落ち込んだセリフを言う場面だ。どうして先輩はいつもこうなんだと、やはり詠斗は頭を抱えてしまうのだった。

「……言いがかりだ」

絞り出すように、神宮司は瞳を揺らしながら呟いた。

「見間違えた？　何だよそれ。何の根拠があってそんな……っ」

「俺がこの見間違い説に行きついたのは、美由紀先輩にだけ事故死に見せかけようとした痕跡があったからだよ」

また少し、神宮司の顔色が変わった。核心をついているんだろうなと多少の手ごたえを覚えた詠斗は先を急ぐ。

「他の二人……とりわけ美由紀先輩と同じ殺され方をした猪狩華絵の遺体は殺害現場と思われる路上にそのままの状態で放置されていたのに、美由紀先輩の時はわざわざ殺害現場であるこの場所から百メートル近くも離れたあっちの階段まで遺体を運び、まるで先輩自身が足を滑らせて転がり落ちたかのように見せかけられていた。この扱いの差に違和感を覚えたのがきっかけだったんだ」

あっち、と詠斗が指を差したのは神宮司達の後方で、神宮司だけでなく草間千佳もそっと後ろを振り返った。

「一連の事件を通して、遺体を殺害現場から動かした形跡があったのは一件目の美由紀先輩の時だけだった。では、どうして美由紀先輩にだけそんな小細工を施す必要があったのか。その理由は、美由紀先輩殺害がもともと計画になかったものだったから。殺してしまってから人違いだと気づいて、お前はかなり焦ったはずだ。予定していない殺人からうっかり足がついてしまってはまずいとでも思ったんだろう。お前は必死に考えた。現場周辺についてはある程度事前にリサーチしていたんだろうな、少し離れたところに長い階段があることを思い出した。そしてお前は、美由紀先輩の遺体を担いで移動させ、階段の上から転がした……美由紀先輩が誤って階段から落ちて亡くなったように見せるために」

神宮司は口を挟むことなくただ目を泳がせるだけ。ちなみに、と詠斗は続ける。

「お前の目撃証言が上がったのはその偽装工作のせいだよ」

「……何？」

眉間のしわを深くする神宮司。詠斗はやや力を込めて言葉を紡いだ。

「証言してくれた目撃者がお前の姿を見たのは、美由紀先輩の遺体が見つかった階段の近くでのことだったそうだ。あの階段は公園と高層マンションに囲まれているおかげで、夜はここよりもうんと明るい。どんなに地味な服装をして明かりを避けていたとしても、見られるリスクはこの場所に先輩の遺体を放置して逃げるよりはるかに上がる。迂闊《うかつ》だったな」

この話、半分は本当で半分は嘘だ。

詠斗の言う目撃者というのは美由紀のことで、確かに美由紀は殺された夜に神宮司のことを目撃している。しかし、神宮司を見たというのは殺される直前のことで、件の階段でのことではない。いくらあの階段付近が明るいからといって、顔を正確に判別することは不可能だろう。

このブラフに、神宮司はどう切り返してくるか。

「は、はったりだ！　いくら明かりのある場所だからって、顔が見えたなんて嘘に決まってる！」

想定通りの切り返し。詠斗はフッと笑みをこぼした。

「そうやいやい言うなよ。俺は何も、目撃したのが顔だけだとは言ってない」

「は!?」

「目撃者はこうも言っていた……その人物は、右の手首に腕時計をしていたって」

神宮司は咄嗟に左手で右の手首を覆い隠した。もはや自白したも同然の行為である。

「頼むよ、神宮司。もう認めてくれないか？」

ギリ、と神宮司は歯噛みした。じっと黙り込んだまま、拳を握りしめている。

「×××××」

そう何かを口にしたのは、草間千佳だった。

『「もうダメだよ、神宮司くん」』

わずかに動いた千佳の口に合わせ、すぐに美由紀の声が聴こえてくる。同時に、神宮司がハッとした顔で千佳を見た。

「草間さん……？」

「もうダメ、私……ッ」

「草間さん!!」

ぼそぼそとしか動いていなかった神宮司の口が大きく開く。声を張り上げたようだ。

「ねぇ、草間さん」

詠斗は努めて優しい口調で問いかける。

「君を擁護したくてこんなことを聞くわけじゃないけど……この計画、神宮司が君に持ちかけてきたんだよね？」

千佳は何も答えない。その瞳から大粒の涙がこぼれ始める。

「君はなかなか断ることができない性格だって聞いてる。猪狩華絵にいいように使われていたって。そんな周りに流されやすい君がわざわざ神宮司を誘って今回のような大それた殺人計画を成し遂げようとしたってのは、ちょっと考えられなかった。それに対して神宮司は親が医者らしいし、学校の成績はよく知らないけどすごく頭がいいヤツなんだろうなってことくらいは簡単に想像できる。だから神宮司のほうから君をこの計画に誘ったんじゃないかって思ったんだけど……違う？」

神宮司は詠斗から目を逸らし、千佳にも半分背を向けた。止まらない涙を拭いながら、千佳はゆっくりと言葉を絞り出す。

「神宮司くんは……私を助けてくれたの」

思いがけない言葉が飛び出し、詠斗は眉をひそめて千佳を見た。

「私……ごめんなさい……万引きを……ッ」

「万引き？」

これもまた予想の斜め上を行く単語だ。思わずその言葉を拾って繰り返すと、しゃくり上げている千佳の後ろで傑が「なるほど」と口を動かした。

「強要されていたんだな？　猪狩華絵に」

傑の指摘に、千佳はこくりと頷いた。

「初めからそんなことをさせられていたわけじゃなかった……宿題を代わりにやったり、掃除当番を代わってあげたり……そんな些細なことだったの」

『「どこが些細なことなんだよ」とタクミさんが』

美由紀の声につられて振り返ると、やっぱり巧は怒っていた。なまじ体が大きいおかげか、怒りをにじませた顔は妙な迫力を醸し出している。

「巧」

思わず、詠斗は声をかける。

「顔」

「は？」

「怖い」

「はぁ!?　何のんきなこと言ってんだよお前はっ！」

「そんな顔で睨まれたんじゃ草間さんも話しにくいだろってことだよ」

う、と巧は気持ち表情を緩めた。その隣で紗友が巧に向けて「すまーいるっ」と笑顔を作っているけれど、それはそれで間違っていると詠斗は思う。

『「それがいつしか」』

美由紀の声が、千佳の話が再開したことを教えてくれる。詠斗は改めて千佳のほうに向き直った。

「万引きをさせられるようになって……。もう何度目かっていう頃には私もすっかり手慣れてきちゃって……そんな自分が怖くて……それでも、やりたくないって言えなくて……っ」

泣きじゃくりながらも、千佳は懸命に言葉を紡いでいた。誰にとっても、過ちを告白することは心に負担がかかるものだ。あるいは吐き出してしまうことで、心にのしかかっていた重石《おもし》を取り除くことができるのだろうか。

「でも、ちょうど三月に入ったばかりの頃……高校から一番近い本屋さんで、新刊の漫画を一冊盗んだところを神宮司くんに見られてて……」


『ねぇ』

華絵と別れ、本屋から少し北に入った裏路地で泣いていると、背後から唐突に声をかけられた。

ハッと息をのんで振り返ると、同じ高校の制服をまとった男子生徒がぽつんと一人立っていた。

『……あ、の……っ』

『ごめん、見ちゃった。君が本を盗むところ』

ガン、と頭を殴られたかのような感覚に襲われる。

終わった、と千佳は思った。これでもう人生はおしまいだ。万引きのことが学校にバレたら、親にバレたら。

一瞬にして頭の中が真っ白になり、止まりかけていた涙が再び川になって流れ始めた。

『大丈夫?』

なぜ彼がそう尋ねてくるのかわからないまま、千佳はただその場で俯くことしかできなかった。

『七組の猪狩でしょ?　さっきの』

え、と千佳はやや顔を上げる。華絵を知っているということは、彼もまた自分と同じ一年生なのか。

『あ、ごめん……本屋で君を見かけてから、ついここまでつけてきちゃった。あの場で声をかけていればよかったんだけど……』

同じ制服を身にまとうその人の話から、千佳はようやく状況を理解した。要するにこの人は、漫画を万引きしてから華絵に渡すところまで、その一部始終を目撃していたということなのだ。

『アイツに命令されたの？』

自分と華絵との会話は聞き取れなくとも、遠巻きに見ていれば何が起きていたのかは自ずと見えてくるのだろう。嘘をついてもよかったけれど、千佳は素直にこくりと頷いた。

『そうか……他にもいたんだな、搾取することに快感を覚える人間《クズ》が』

『え？』

思ってもみない言葉を口にしたその人に、千佳はそっと顔を上げた。

『どういうこと……？』

涙を拭いながら問いかけると、その人は自嘲的な笑みを浮かべて肩をすくめた。

『どうもこうも、僕もたった今むしり取られたばかりだからさ』

『……何を……？』

『金《カネ》』

たった一言そう答えた彼の瞳は、絶望の色を湛えていた。

その瞳に映る自分の目にも同じ色が浮かんでいて、千佳は言葉を紡ぐことができなかった。

「同じだった」

涙ながらに千佳は語る。

「神宮司くんは私と同じ……やりたくもないことを強要されて苦しんでた。万引きなんて絶対やっちゃいけないことだってわかってたのに、怖くて、イヤだって言えなかった。何冊も何冊も盗んで、だんだん慣れていく自分が……自分自身のほうが、華絵ちゃんよりもずっとずっと怖かった。このままじゃダメだってわかってたけど、誰にも相談できなかった。そんな中、神宮司くんが仲田先輩とのことを話してくれて……。神宮司くんも、たくさんお金を取られてた。一度に何万円、それを何度も何度も繰り返すなんて……もう、高校生が持っていい金額じゃなかった。神宮司くんもきっと怖かったんだろうなって思って……それで私、やっと自分の気持ちを吐き出すことができて……っ」

止めどなく溢れ出す涙に時折声を詰まらせながら、千佳は懸命に言葉を紡いでいった。

いつから、どれくらいの間、千佳が一人で悩み苦しんできたのかはわからない。けれど、神宮司と出会ったことで少なからず彼女の心が救われたのだろうことは十分に理解できた。

それがどうして、こんな悲しい事件を引き起こすことになってしまったのか。

「限界だった……抜け出すこともできなくて、どうしたらいいのかわからなかった。そんな時、声をかけてくれたのが神宮司くんだったんです」

千佳の隣で、神宮司は黙って俯いている。話を遮ろうとしないのは、千佳を想ってのことなのか。

「吉澤くんのさっきの話、間違ってません」

詠斗はわずかに眉を動かした。ついに罪を認める発言をした千佳に、神宮司は目を閉じる。

「今回の交換殺人計画を持ちかけてきたのは、神宮司くんでした」

『……本当に、やるの……？』

『大丈夫、絶対にうまくいく。一度は疑われるだろうけど、アリバイさえあれば警察もそれ以上手出しはできないはず。自分のやるべきことをきちんとやって、証拠を残さないように細心の注意を払えば……』

千佳はごくりと唾を飲み込んだ。狂気と不安とが入り混じる神宮司の瞳は、有無を言わさぬ強さを秘めているように見えた。

『やろう、草間さん』

ぐっと千佳の両肩を掴み、神宮司は千佳の目をまっすぐに見た。

『あの二人がこの世から消えてなくなれば、僕達は救われるんだ』


「この計画を思いついたのは神宮司くんでも、実際にやると決断したのは私の意思。やるしかなかった……やれば助かる、救われるんだって、本当にそう思ったから……。裏切ったら万引きのことをバラすって華絵ちゃんから脅されて……逃れるためには、殺すしか……殺すしかなかった……！」

大粒の涙が作り出す川が、千佳の告白の終わりを告げた。傑が彼女の頭をなで、「よく話してくれたな」と優しく微笑む。

「神宮司」

詠斗は俯いている神宮司に向かって声をかけた。

「本当にそうだったのか？」

ようやく上がった神宮司の顔は、たくさんの負の感情でぐちゃぐちゃに歪んでいる。

「本当に、仲田先輩と猪狩さんを殺すことでしか、あんた達は救われなかったのか？」

「×××」

「え？」

「うるさいッ!!」

前のめりながら神宮司は口を大きく開けた。

「君に何がわかる!?　理不尽をしいられて、身動きが取れなくなって……君なんかに僕の気持ちがわかるはずがないッ!!」

理不尽。

その言葉に、詠斗は目を細くした。

叫ぶ声は聴こえなくとも、心が悲鳴を上げていることは痛いほどわかる。理不尽を許容し、なんでもない顔をして生きていくことを選ばざるを得ない人生など、誰だって嫌に決まっている。

できることなら俺だって、と詠斗は静かに俯いた。

『詠斗さん』

美由紀の呼び声が耳に届く。誰の言葉を通訳するでもないその声。けれど詠斗には彼女が意図するところが即座に理解でき、迷わず後ろを振り返った。

「やめて」

そう口を動かしたのは紗友だった。

「詠斗の前でそんなこと言わないで」

泣き出す寸前の顔をして、紗友は神宮司を睨みつけた。もう一度神宮司に目を向けると、彼は微かに笑みを浮かべて言った。

「吉澤くん……君って確か、耳が聴こえないんだよね」

まっすぐ詠斗のことを見て、ははっ、と神宮司は力なく笑った。

「いいよね、君は。社会的弱者だから、頼まなくともみんなが助けてくれるんでしょ？」

表情とは裏腹に、その一言からははっきりとした悪意が感じられた。詠斗は黙ったまま神宮司を見つめる。

「片や僕達といったら……。僕や草間さんだってこんなに苦しい思いをしてるのに、僕達のことはだーれも助けてくれやしない。どうして？　何なんだよこの差は！」

おい、と傑が一歩踏み出すよりも早く、神宮司の前にずいと歩み寄る一人の姿があった。

パンッ――。

紗友の右手が、神宮司の左頬を張った。

『「いい加減にして」』

はっ、と詠斗は息をのんだ。

そして、大きく目を見開いた。

『「詠斗の苦しみと、あんた達の苦しみを一緒にしないでッ!!」』

声を張り上げた紗友は、微かにその肩を震わせた。

紗友の背中しか見えていない詠斗にとって、聴こえてくるのは美由紀の声だ。

しかし今は、それが紗友の声に聴こえる。

忘れていない、忘れたくない、幼い頃に聴こえていた声。

詠斗にとって、それは何よりも大切な、決して薄れることのない記憶。

「社会的弱者だから、みんなが助けてくれる？　ふざけないで！　詠斗は……耳が聴こえないってことは、自分の足で立ってまっすぐ歩くことだって本当は難しいの！　上手くバランスが取れないから自転車にだって乗れないし、流行りの音楽だって楽しめない！　泣いたり、笑ったり……みんなが当たり前に聴いている声が、詠斗には何も聴こえないの！　それでも詠斗は、自分の力で生きていこうって毎日一生懸命踏ん張ってる！　それを……あんたみたいに逃げてばっかりいるような人と一緒にしないでよッ!!」

固く拳を握り、必死に言葉を紡ぐ紗友。

その背中を見ればわかる。今の紗友は、三年前のあの日と同じ。

「紗友」

震える肩を一つ叩き、詠斗は紗友に歩み寄る。

ゆっくりと振り返った紗友の瞳は、涙でいっぱいになっていた。

「もういいから」

いつまでも、紗友の泣き顔を見ていたくなかった。

音を失ったあの夏の日。詠斗は心に誓っていた。

もう二度と、紗友を泣かすことのないように。

自分のせいで、大切な人が涙を流すことのないように、と。

「俺のことはいい。神宮司だって、今までずっと我慢してきたんだ」

「よくないッ!!」

大粒の涙をこぼしながら、紗友はぶんっと頭を振った。

「どうしていつもそうやって諦めた顔をするの!?　あんなこと言われて悔しくないの!?」

悔しいも何も、事実なのだから仕方がないと思ってしまう。けれど、そんなことを言おうものなら本気で殴り飛ばされてしまいそうだと詠斗は唇を真一文字に結んだ。

「ねぇ、神宮司くん」

もう一度、紗友は神宮司を振り返った。

「誰も助けてくれなかったら、自分を攻撃してきた相手を殺してもいいの？　違うでしょ？　君自身の力で、少しでも誰かに助けを求めようとした？」

下唇を噛みしめ、神宮司は紗友から目を逸らした。それでも紗友はめげずに言葉を投げかけ続ける。

「確かに、仲田先輩は一人で立ち向かうには怖すぎる相手だったかもしれない。怖くて、どうしようもなくて、ただ現実を受け入れるしかなかったかもしれない。でも神宮司くん、君はもう一人じゃないはずでしょ？」

え、と神宮司は顔を上げる。

「君には今、同じ苦しみを分かち合える人が近くにいる。華絵からのいじめに遭っていた千佳ちゃんに出会って、君は一人じゃなくなった。千佳ちゃんだって同じ。ずっと一人で抱え込んできた痛みを、誰にも言えなかった心の声を、神宮司くんと分かち合うことができた。なのに……なのに、どうして二人とも、助けてって言えなかったの……！」

泣きながら訴える紗友の姿に、神宮司はハッとした表情を浮かべた。その隣で、千佳も同じ顔をして涙を流している。

「人一人の力なんて、誰だって弱くて頼りないものなんだよ。でもね。一人じゃ全然届かない言葉でも、二人で声を合わせれば何倍も大きく響いて、きっと誰かが気づいてくれる。一人じゃできないことでも、二人でなら叶えられることってたくさんあるんだよ！　今回のことだってそう。ずっと孤独の中にいて、今まで怖くて上げられなかった声……その声を届けるために、二人は手を取り合って、助けてって叫ばなきゃいけなかったんじゃないの!?」

ズキン、と詠斗は胸が痛むのを感じた。

紗友の言葉がまっすぐに突き刺さって、引き抜こうにもびくともしない。

どうしてこんなにも痛いのか。

どの言葉が、こんなにも鋭く胸を突いたのか。

無意識のうちに、詠斗は右手を胸にあてていた。

「今のままじゃダメだよ」

そう、紗友は涙ながらに続ける。

「二人揃って殺人だなんて……そんなの、何の救いにもなってないよ……！」

ついに、千佳が膝を折ってその場に崩れ落ちた。聴こえこそしないが、わんわんと大声を上げて泣いているのだろう。

『「相談してくれりゃよかったのに」』

美由紀が通訳したのは巧の声だ。詠斗のすぐ隣まで歩み寄り、まっすぐ神宮司を見つめている。

「まぁ、オレごときに現状を変えられるようなデカい力はねぇけどよ。それでも話してくれてりゃ、今よりはずっとマシな未来になってたと思うぞ?」

同感だ、と詠斗は思った。この場にいる誰もがそう思っているだろう。

「やっぱ、殺しはダメだ。殺す勇気が持てるくらいなら、誰かに話すことだってできたはずだろ? それこそ、草間も一緒に。踏み出す一歩を間違えたんだよ、お前らは」

強く握られている神宮司の左手は小刻みに震えている。俯き、唇を噛み、必死に涙を堪えているように見えた。

『償いましょう』

不意に、美由紀が美由紀自身の言葉を口にした。

『きちんと償えば、きっと未来は変えられます。生きている限り、お二人には明日がやってくるのですから』

届かないと知りながら、優しく、そして強く、美由紀は神宮司と千佳に向けて言葉をかける。

美由紀はわかっているのだろう。

こうして言葉にすることで、詠斗が二人に届けてくれるのだということを。

「……ちゃんと罪を償おう、二人とも」

その想いに応えるように、詠斗は美由紀の言葉を口にした。

「生きている限り、あんた達には明日が来る。あんた達の気持ち次第で、未来は変えられるはずだからさ」

美由紀の想いを届けられるのは、この世で詠斗だけなのだ。

「……美由紀先輩なら、きっとそう言うと思う」

最後に一言付け加えると、紗友と巧が同時に詠斗を振り返った。そっと笑いかけると、二人はどうやら状況を理解してくれたらしい。泣いている紗友の分も、巧が大きな頷きで応えてくれた。

「ごめん、草間さん」

謝罪の言葉を口にして、神宮司は千佳の隣にしゃがみ込んだ。

「ごめん……僕、君のこと……っ」

千佳は大きく首を横に振る。神宮司としては千佳を巻き込んでしまったと思っているのだろうが、さっきの言葉の通り、千佳自身にも殺人の意思が存在したのは確かだ。いくら神宮司の立てた計画だったとはいえ、千佳にも償うべき罪はある。

「兄貴」

もう十分だと目で訴えると、傑は一つ頷いて神宮司と千佳の前に立った。

「僕の弟を愚弄したことは許しがたいが、君達が僕のもとへ自首してきたことにしよう。これもまた、弟の願いなのでな」

柔らかな微笑みを湛えた傑は、ゆっくりと立ち上がった二人を連れて詠斗達三人の前から離れていった。

まだ涙を流している紗友の背をそっと擦《さす》ってやる。すると、紗友は詠斗の胸にしがみつき、肩を震わせて泣いた。

詠斗は優しく紗友を抱き寄せ、黙ったまま髪をなでる。ゆっくりと時間をかけ、紗友は少しずつ落ち着きを取り戻していった。

こうしてやることが正解だったのか。

今の紗友に、どんな言葉をかけてやればいいのか。

詠斗にはわからなかった。

第五章　君が教えてくれたこと

事件が無事に解決したことを受けて、週が明けても休校措置がとられることはなく、創花高校の生徒達は今日もいつも通りの学校生活を送っていた。しかし、彼らがこれまでのような日常を取り戻すまでには少し時間がかかることだろう。

というのも、学校内はどこもかしこも神宮司隆裕と草間千佳が逮捕された話題で持ちきりで、特に詠斗と同じ二年生の生徒は皆一様に顔を強張らせていた。同級生による凶行のショックは大きいようで、事件が解決した今でもまだ怯えている様子が窺える。授業が始まってもなおただならぬ空気が漂うほどの異様な光景は、二年生にとどまらず学校中へと広がりを見せていた。

考えてみれば、と詠斗は窓の外に目を向ける。

それは仕方がないことなのかもしれない。同じ高校の生徒が三人も殺され、それを犯したのもまた同じ高校の生徒だというのだから、もはや小説や映画の世界である。こんな経験、したくてもそう簡単にできるものじゃないよな、と詠斗はまるで他人事のような感想を抱きながら、青い桜の葉が風に揺れる様子をぼんやりと眺めていた。

もちろん、詠斗にとって今回の出来事はまったく他人事などではない。被害者である美由紀の声の代弁者であった詠斗はほぼ当事者のようなものだったし、犯人が捕まる瞬間にも立ち会った。とはいえ、すべては二日前に解決したことだ。今さら騒ぐことでもなければ、一緒になって騒ぐ相手もいない。詠斗にとってこの事件はすでに過去の出来事である。土曜日のことを思い出しても気が滅入るだけなので、早くもとの空気に戻ってほしいと願うばかりだった。

その日の昼休みも、詠斗は屋上で一人穏やかなランチタイムを過ごしていた。先週よりも少しだけ暖かさが増し、こんな感じですぐに夏がやってくるんだろうな、などと考えながら、遠くの空にゆったりと流れる白い雲に目を向ける。

傑から聞いた話によれば、神宮司隆裕と草間千佳はそれぞれ素直に罪を告白したらしい。

神宮司が羽場美由紀および猪狩華絵の撲殺に使用した凶器は自宅にあったレンガで、庭に埋めたとの供述通りに発見された。

千佳が仲田翼を刺したのはペティナイフ。こちらもまだ処分される前で、千佳の自室に隠すようにして保管されていた。神宮司から仲田翼の連絡先を聞き出し、メールで現場の竹林へ呼び出した。彼が姿を現すまでは林の陰に身をひそめ、背後からゆっくりと近づいて声をかける。そして彼のふりむきざま、勢いをつけて心臓を一突き。優しく穏やかな性格が外見に現れ、自分の気持ちをうまく伝えられず抱え込んでしまうような彼女にしてはなかなか勇気のあることをしたものだと、詠斗はうっかり感心してしまった。

今後、二人がどのような道を歩むのかはわからない。この先の人生ではその道を踏み外すことのないようにと、詠斗は胸の奥で静かに祈った。

最後の一口を食べ終え、水筒のお茶で喉を潤す。

結局、証拠らしい証拠は二人が罪を認めた後で出てきたのであって、あの時シラを切られていればこうして事件が無事幕を下ろすことにはならなかっただろうと、詠斗は今でも不思議な気持ちに囚われていた。そもそも、殺人事件の被害者である美由紀の証言を使って自白を引き出すなんてナンセンスなわけで、今回はただ運がよかったとしか言いようがない。幽霊に手助けされての事件解決。前代未聞もいいところである。

彼女の声が聴こえていなければ、事態は膠着《こうちゃく》したまま時だけが過ぎていき、解決を見ることはなかったかもしれない。もちろん詠斗がこの事件に関わることもなかっただろうし、興味を持つことさえなかった可能性は大いにある。

なぜ自分の耳にだけ、彼女の声が届いたのか。

考えるだけ無駄だとわかっていたけれど、ふとした拍子につい考えてしまう詠斗なのだった。

「……しまった」

ぶんぶんっ、と頭を振る。

死者の声が聴こえた理由を考えている場合ではない。詠斗は今、もっと大事な、答えを出すべき大きな問題を抱えているのだから。

『こんにちは』

包みに弁当箱をしまい終えたタイミングで、美由紀の声が聴こえてきた。

「こんにちは、先輩」

『ありがとうございました、事件を解決してくださって』

いきなり事件の話を振られ、詠斗は少々面喰《く》らってしまった。

「俺は何もしてないですよ。先輩のおかげで解決できたんですから」

『そんなことはありません。あなたがいてくださらなければ、私はいつまでも行き場を失ったまま、叶わぬ願いを抱えてこの世をさまよっていたでしょうから』

ん？　と詠斗は眉をひそめた。

いつだって優しく、穏やかな波音を思わせる美由紀の声。もちろん今もそうなのだけれど、なぜだろう。今の言葉に、妙な胸騒ぎを覚えた。

そっと、詠斗は立ち上がる。

「先輩……」

『さて、詠斗さん』

詠斗が言いかけるのを遮り、美由紀は詠斗の名を口にした。

『先日の問いの答えは見つかりましたか？』

う、と詠斗は言葉を詰まらせる。これこそが、詠斗にとって一番に考えるべき問題だった。

〝なぜ自分は、美由紀のことを強い人だと思うのか〟

時間を見つけては何度も考えてみたけれど、美由紀の求めていそうな答えはついに見つけられなかった。考えれば考えるほど美由紀のことを強い人間だと思った自分のことがわからなくなって、すっかり袋小路に入り込んでしまっていた。

『あらあら、困りましたね』

黙ったまま突っ立っていると、美由紀が苦笑を浮かべるような声で言った。

『あなたの答えを聞いてから旅立とうと思っていたのに。これでは気持ちよく天国へ行けないじゃないですか』

――え？

そう言ったつもりが、うまく声にならなかった。

詠斗の瞳がぐらりと揺れる。今、美由紀は何と言っただろう。

天国へ行くと、彼女はそう言わなかったか？

『お別れを、言いに来ました』

呆然としている詠斗に向けて、美由紀はしっかりとした口調で静かに告げた。

『あなたと会うのは、これが最後です』

確かに耳に届いた声に、詠斗は言葉を失った。

「…………っ」

頭の中が真っ白になる。

聞きたいことが山ほどあるのに、息を詰まらせるばかりで言葉を口にすることができない。

いつだったか、美由紀は言っていた。この先のことは天命に従うしかないのだと。

犯人が捕まって事件が解決し、美由紀の願いは叶えられた。

もう今までのように、誰かを求めて叫び続ける必要はない。

この世を漂う理由がなくなった。だから彼女は、次の行き先へと導かれていくのだ。

ということは。

「……待って」

自分の声すらよく聴こえない詠斗の耳。けれど、ようやく絞り出せた声が震えていることは理解できた。

「待ってくださいよ、先輩」

そうと知りながら、詠斗は話すことをやめない。

「ねぇ、待って」

あぁ、と詠斗は右手で頭を押さえる。

どうしてこの口は、彼女を引き留めようとしているのだろう。もはやこの世のものでなくなってしまった彼女の魂は、天国へ行って然《しか》るべきなのに。

どこまでも自分勝手な心に、腹立たしささえ覚えてしまう。

「待ってよ」

それでも詠斗は、言葉を紡ぐことをやめられなかった。頭ではわかっていても、溢れ出す想いを止められない。

お願い。

行かないで。

一人にしないで。

次第に高鳴っていく胸の鼓動に、どんどん息が苦しくなっていく。

「嫌だよ、俺……先輩の声が聴こえなくなるなんて……！」

胸の痛みを、心の叫びを、詠斗は必死に言葉にした。

わがままだと思われてもいい。呆れられたって構わない。

それでもいいから、この想いを伝えたい。

これからもずっと、あなたの声を聴いていたいのだと。

『詠斗さん』

はっ、と詠斗は顔を上げた。

そして、目の前に広がる光景に息を飲み込んだ。

「……美由紀、先輩……？」

そこにいたのは、紛れもなく美由紀だった。

ふわりと宙に浮いていて、きらきら輝く綺麗な微笑みを湛えている。

『もっと、聴かせてください』

「えっ……？」

『あなたの声を。あなたが心の中に閉じ込めている、本当の声を』

つやのある長い黒髪が風に揺れ、美しく整った顔に浮かぶ笑顔をより一層引き立てる。本当なら自分よりかなり小さいはずなのに、浮かんでいるからまっすぐに目が合う。

『あなたが私の声を求めるように、私もあなたの声が聴きたい。あなたが胸に秘めている想い、聴かせてくれますか？』

わずかに口を開けたまま、詠斗はただただ立ち尽くしていた。

見つめられれば見つめられるほど、言葉が出てこなくなる。

俯いて、自分の心に問いかけてみる。

俺の心は、何を秘めているのだろう。本当は何と言いたいのだろうか、と。

『怖いのでしょう？』

優しくて、温かくて、慈愛に満ちた美由紀の声が、詠斗を柔らかく包み込んでいく。

『先日おっしゃっていましたよね、私の声が聴こえてこなくて怖かったと。私が天国へ行ってしまえば、またあなたは音のない世界で暮らしていかなければならなくなる。そんなの、怖いに決まっています。だからあなたは私を呼び止めた……そうでしょう?』

美由紀の手が詠斗の頭に伸びてくる。幽霊なのだから触れられている感覚はない。けれどなぜだか、彼女のぬくもりがじんわりと伝わってくる。

『あなたの気持ちを言葉にしてください。私がすべて受け止めますから』

美由紀は目を細め、詠斗はその瞳をじっと見つめる。

あぁ、そうか——詠斗はようやく気がついた。

先輩の声が聴こえなくなることが怖いんだ、と。

「…………っ」

言われた通り、あの時もそうだった。

聴こえていたはずの声が不意に途絶えた屋上で、とてつもない恐怖を覚えたことを思い出す。

けれどどこかで、そんな風に思ってはいけないのだと思い込んでいた。ただでさえ自分は他人に心配をかける存在なのだから、怖いとか、悲しいとか、そういった弱さを感じさせるような言葉を簡単に口にすることは許されないのだと。

周りの人に余計な気遣いをさせちゃいけない。自分の足で立って、歩いて、普通の生活ができている姿を見せていなくちゃいけない。知らず知らずのうちに詠斗は、そんな強迫観念に駆られていた。

「…………怖い」

でも、違う。

「怖いよ、俺……っ！」

本当は、ものすごく怖かった。

誰の声も、何の音も届かないこの耳で生活することは、真っ暗闇の中に閉じ込められているようで。

「うわあああぁ――――ッ!!」

詠斗は泣いた。

声を上げて。

「もうイヤだ！　こんな生活、もうたくさんだ！　なんで俺だけ!?　どうして俺には何の音も聴こえないんだッ！」

聴きたい声がいっぱいあった。感じたい音だってたくさんある。

それでも、詠斗の耳には何一つ届かない。

どれだけ叫んでも、どれほど強く願っても、失われた力が戻ることは二度とない。

「怖いよ、ずっと怖かったんだよ!! 何にも聴こえなくて、いつも一人ぼっちで……ほんとは……本当は……ッ！」

詠斗の周りで、耳が不自由なのは詠斗だけ。

この痛みを分かち合える人はいない。つらい気持ちは、心に閉じ込めておくしかなかった。

わかってもらいたかった。本当は、誰かに受け止めてほしかった。

数日前、美由紀の前で口にした言葉を今になって後悔する。一人でいれば傷つかないなんて、とんでもない大嘘だ。

いつだって詠斗は、誰よりも深く傷ついていた。

音なき世界に生きる少年の胸の痛みは、たった一人で抱え込むにはあまりにも大きい。

『詠斗さん』

その時。

ふわり、と美由紀の体が詠斗を包んだ。

さっきと同じで、抱き寄せられるような感覚はない。それでも、彼女のぬくもりを強く感じることができた。

『つらかったですね』

耳もとで聴こえる穏やかな声。優しい吐息まで、そのすべてがこの耳を通じて伝わってくる。

『我慢しなくていいんです。泣いていいんです。怖くて当たり前なんです』

ぎゅっと、自分を抱き寄せる美由紀の腕に力が入ったように感じた。

『あなたは、一人じゃありません』

はっ、と詠斗は息を飲む。

温かい。

こんなにも温かい場所にいられるのは、どれくらいぶりのことだろう。

そうしてまた、詠斗の瞳は涙でどんどん溢れていく。

「ぅわあぁぁ、ぁあああ――――……ッ!!」

止めることなどできなかった。

何年分の涙が、今流れているのだろう。

『あなたには、あなたの想いを受け止めてくれる人がそばにいます。あなたに寄り添われることを待っている人がいます。あなたには、帰る場所があるんです。それって、すごく素敵なことじゃないですか』

一人じゃないんですよ、と美由紀は優しく繰り返す。

美由紀の声と、美由紀の言葉と、美由紀の胸のすべてを借りて、しばらくの間、詠斗はただただ泣き続けた。

五分か、十分か、あるいはそれ以上か。

気の済むまで泣いた頃には、ずいぶんと時間が経ってしまっていた。

『私、思うんです』

涙を拭った詠斗ともう一度まっすぐ向き合って、美由紀は柔らかな笑みを浮かべた。

『本当の強さって、飾らない自分でいることなんじゃないかって』

「飾らない、自分……?」

はい、と美由紀は頷いた。

『自分の弱さにふたをして、強がって生きていても、自分で自分を傷つけてしまうだけ。大切なのは、弱い自分を認めてあげること。弱くてもいいから、ありのままの姿で一生懸命前に進んでいこうとすること。本当に強い人は、自分の弱さと向き合える力を持っている人なんだと私は思います』

今までに聴いたことがないほど、美由紀の声には強い力が込められていた。

女性らしい、線が細くて綺麗な声。しかし今は、誰の声よりも高らかに、大きく詠斗の胸に響き渡る。

『つらいときには泣いてもいい。時には誰かに頼ってもいい。頼れる人がいるということは、自分に優しくできるということです。自分のそばにいてくれる人が一人でもいるのなら、それはあなたが幸せだという何よりの証なのではないでしょうか』

美由紀の言葉に誘《いざな》われ、詠斗は一人の顔を思い浮かべた。

おそらくは彼女の言う〝誰か〟と同じ、その人の顔を。

誰よりも幸せになってほしいと、心から願う人。

幸せになれる場所へ、大きく羽ばたいていってほしいと願う人。

「……ダメです」

俯いて、詠斗は静かに首を振る。

「あいつは……あいつには、もっと広い世界でいろんな人と出会ってほしい。俺と一緒にいたって、苦労をかけるばっかりだから……」

『それはあなたが決めることじゃないでしょう』

え？　と詠斗はもう一度顔を上げる。

『何を幸せと思うかなんて、他人には決めようのないことです。紗友ちゃんの人生なのですから、紗友ちゃんの心を尊重してあげないと』

男らしく、と美由紀は胸を張って付け加えた。その姿があまりにも眩しくて、詠斗は思わず目を逸らした。

『幸せになってください』

優しさに溢れた声で彼女は言う。顔を上げれば、今までで最高の笑顔を浮かべる美由紀の姿がそこにあって。

『私も天国で幸せになります。爽やかイケメンを捕まえて』

ふふ、と彼女は楽しそうに笑って、『あ、可愛いネコも飼いたいですね』などとまた一段としまりのないことを口にした。

ごしごし、と詠斗は乱暴に目もとを拭った。

どこにいても、どんなつらい目に遭っても、美由紀先輩はきっと、これからも美由紀先輩らしさを失うことなく前に進んでいくのだろう。

この世での未来を理不尽に奪われてしまった彼女でさえそうだというのに、自分だけがいつまでも下を向いていているわけにはいかない。

ぐっと詠斗は顔を上げる。

気持ちは全部吐き出した。泣いていい時間はもうおしまいだ。

最後くらい、ちゃんと笑っていなくちゃいけない。

「先輩」

俺も幸せに、なんて、とてもじゃないけれど言えそうになかった。

「……もっと早く」

つい今しがたの決意も虚しく、言葉を口にするたびにまた涙が溢れてきて。

「もっと早く、先輩に出会いたかった」

そうしてまた、詠斗は下を向いてしまう。

これでお別れなんて、どうして受け入れることができるだろう。

『私もです』

結局涙で顔をぐしゃぐしゃにする詠斗に、美由紀はもう一度笑いかけた。

『生きているうちに、あなたと出会いたかった』

ゆっくりと顔を上げた詠斗の瞳に、美由紀の微笑みがきらきらと輝いて映る。綺麗で、美しくて、ずっとそばで見ていたいと詠斗は思った。

けれど、その願いは叶わない。詠斗と美由紀は、まもなく別れの時を迎える。

どうにかして彼女を繋ぎ止めておきたい。いつまでも彼女の声を聴いていられる力
がほしい。叶わぬ願いと知りつつも、願わずにはいられなかった。どこまでも無力な
自分に苛立ちさえ覚える始末で、悔しさのあまり下唇を噛む。

『でも』

俯く詠斗に、美由紀はからりとした声で言う。

『そうなると、強力なライバルと戦わなくちゃならなくなっていたんですよね』

「ライバル？」

『えぇ。残念ながら、私にはまったく勝ち目がなさそうな相手です。だから、これで

よかったんですよ』

ふふふ、と屈託のない笑みを浮かべて、『さて』と美由紀は詠斗から離れた。

『そろそろ行きます。あなたも授業がありますしね』

言われるがまま携帯で時刻を確認しようとすると、ちょうど始業五分前のアラームが振動したところだった。

「先輩……」

『大丈夫です』

また美由紀のことを呼び止めようとした詠斗に、美由紀は一つ頷いた。

『またきっと、ふらりとどこかで会えますよ。いつか誰かが言っていました。別れは出会いの始まりなんだって』

美由紀の姿が、どんどん薄くなっていく。きらめいた残光が、美由紀の笑顔をより一層輝かせる。

『強い人になってください。次に会った時、私ががっかりすることのないように』

約束ですよ？　と美由紀は右手の小指を立てた。泣きながら、詠斗は力強く頷いた。

『では、またいつか』

「先輩ッ！」

『詠斗さん——あなたと出会えてよかった』

その言葉を最後に、美由紀の姿は見えなくなった。

柔らかく吹く春の風が、詠斗の髪を静かに揺らす。

「……俺もです、美由紀先輩」

誰もいない空を見上げてそう言った詠斗の声は、美由紀の耳に届いただろうか。

突き抜ける青が、そっと微笑みかけてくれたような気がした。

＊　＊　＊

翌日の昼休み。

やっぱりいつも通り、詠斗は一人屋上にいた。

青い空は今日も高く、どれだけ待っても美由紀の声は聴こえない。

たった一週間だけ取り戻せた、この耳の声を聴く力。再び失ってしまったけれど、
目を閉じれば美由紀の笑顔が蘇《よみがえ》って、自然と笑うことができた。それだけで、少し強くなれた気がした。

ゆっくりと目を開けて、静かに空を見上げれば、別れ際に届けてくれた美由紀の声

が耳の中で響き渡る。

――強い人になってください。

その一言を思い出すたびに、詠斗は決意を固くする。

先輩の分まで生きていくなんておこがましいかもしれない。

それでも、前を向いて歩いていくことだけは絶対に諦めない。

先輩が教えてくれたことを、いつも胸に抱いていよう。

弱くてもいい。強がることなんてない。

ありのままの自分でいることを、いつまでも忘れずにいよう、と。


しばらく待っていると、屋上の扉が開かれた。

姿を現したのは紗友だった。昨日頼んでおいた通り、一人の女子生徒を連れてきてくれた。

「お待たせ」

紗友が言うと、詠斗はその後ろについてきた女子生徒に向かって頭を下げた。

「すみません、ご足労いただきまして」

「いいよ。……あ、これくらいの速度ならわかる？　あたしの言葉」

「はい、お気遣いありがとうございます」

耳のことは自分から話そうと思っていた詠斗だったが、どうやら紗友が先に事情を話してくれていたようだ。こういう細やかな心遣いにもきちんと礼を返していかないと、と詠斗は改めて紗友にも「ありがとう」と言った。

「で、何の用？」

女子生徒――松村知子は改めて詠斗と向き合った。

美由紀の親友であり、美由紀殺害の容疑者と目《もく》されていたその人は、ボーイッシュなショートヘアが切れ長の目もとと高い背によく映えていて、いかにも運動部の部長らしいスマートな容姿の女性だった。これは女子にもモテるタイプだな、と詠斗はしみじみ観察してしまっていて、小さく首を振ってから口を開いた。

「はい、美由紀先輩のことで」

あれやこれやと説明したらむしろややこしくなってしまいそうだったので、詠斗は努めて簡潔に話を進めることにした。

「僕は生まれつき耳が不自由で、中学の時に何の音も聴こえなくなりました。でも、つい昨日まで、僕の耳には美由紀先輩の声が聴こえていたんです」

正直に、起こっていた出来事をそのまま話すと、知子の顔が途端に険しくなった。

「……何を言ってるの？　君は」

「おかしいですよね。僕も最初は自分のことを疑いましたよ。でも、僕に聴こえていたのは間違いなく亡くなった羽場美由紀先輩の声で、美由紀先輩はあなたの無実を証明してくれと僕に頼んできたんです」

すべての始まりを口にすると、何だか不思議な気持ちになった。

一週間前、ここで初めて彼女の声が聴こえた時は、まさか事件があんな結末を迎えるとは露ほどにも思っていなかったのだから。

詠斗がうっすら苦笑いを浮かべると、知子はますます険しい顔を浮かべる。

「……本当なの？　紗友」

知子は隣に佇んでいる紗友に目を向けた。にわかには信じられないのも頷ける。初対面の後輩が死者の声を聴いて自分の無実を証明しようとしたなんて、夢にすら見ないようなトンデモ話だ。

「嘘みたいな話ですけど、本当なんです。詠斗は嘘をつくような人じゃありませんし、私もこの目で詠斗が美由紀先輩と話をしているらしい姿を見ました。実際、詠斗が美由紀先輩から聞き出した情報のおかげで事件が解決したんですよ」

誰よりも自信を持って答える紗友に、「そう」と知子は紗友から目を逸らした。

「美由紀が……」

美由紀が亡くなって、まもなく二週間が経とうとしている。無事に犯人も捕まったところで再び美由紀の名を聞くことになり、どんな気持ちでいればいいのかわからないといったところだろうか、と詠斗は知子の気持ちを推し量った。

微かに瞳を潤ませている知子に、詠斗は静かに語りかけた。

「美由紀先輩から聞きました。大事な試合の前なのに、手首を疲労骨折したって」

無意識だろう、知子は右の手首をかばうように左手で覆った。白くテーピングされているのがちらりと見える。

「その話をしてくれた時の美由紀先輩、とても悔しそうな声をしていました。あなたの気持ちを思ってなのか、ケンカしたまま二度と会えなくなってしまったからなのか……とにかく、ひどく落ち込んでいるみたいだったんです」

殺されておきながら、なお親友のことを案ずる美由紀。今はもう、その想いを伝えられるのは詠斗しかいない。だからこそ、詠斗はこうして知子の前に立ったのだ。

「美由紀先輩、本当にあなたのことを大切に思っていたんだと感じました。あなたが部長として作り上げてきた大切なバレー部と、あなたの未来とを天秤《てんびん》にかけて、美由紀先輩なりに考えてあなたの試合出場に待ったをかけたんだと思います。僕が聞いた限り、美由紀先輩があなたを想う気持ちに嘘はなかった。僕の言葉じゃ伝わらないかもしれないけど、美由紀先輩はいつも……いいえ、今でもあなたのことを一番に想っているはずです」

言い終えるより前に、知子の瞳から涙がこぼれ落ちていた。知子もまた、美由紀のことを大切な人だと思っているのだろう。

絶たれるはずのなかった未来を絶たれたのは美由紀だけではない。知子もまた、美由紀と歩んでいける未来を失ってしまったのだ。悲しみに暮れるのも無理はない。

「あなたの思うままにするのがいいんだと思います」

少し間をあけてから、詠斗はそう付け加えた。

「なんだかんだ言っても、美由紀先輩なら最後はあなたの決断を尊重してくれるんじゃないかなって」

美由紀のように綺麗には笑えないけれど、少しでも美由紀の想いが伝わればと、詠斗はささやかな微笑みを知子に贈った。

ややあって、知子は涙を拭ってうんうんと首を縦に振った。

「ありがとう」

凛々しく笑って、知子は詠斗とまっすぐ目を合わせる。その瞳は、何かを決断したかのような力強さを湛えていた。

「もしまた美由紀と話すことがあったら伝えてくれる？　あたしもあんたのことが大好きだよって」

潤んだ瞳を陽の光がきらめかせる。詠斗は肩をすくめた。

「美由紀先輩、昨日天国へ旅立って行きましたよ。爽やかイケメンを捕まえて幸せになるんだそうです」

「何それ、美由紀が言ったの?」

「はい。あと、可愛いネコも飼いたいらしいです」

「ははっ、美由紀らしいな。あの子、モフモフした小さい動物が大好きだから」

モルモットとかね、と知子は笑うが、詠斗の眉間にはくっきりとしわが刻まれる。

モルモットとなんて一体どこで触れ合うのだろう。頻繁に動物園にでも行っていたのか。詠斗はここでもまた頭を抱えることになった。

「吉澤くん、だっけ?」

知子に問われ、「はい」と詠斗は返事をする。

「ありがとうね。耳……大変だろうけど、何か困ったらいつでも声かけてよ。美由紀の代わりじゃないけど、あたしでよければ力になるからさ」

思いがけない一言に一瞬驚いたが、すぐに「ありがとうございます」と答えた。社交辞令でなく、心からの感謝を込めて。

知子の隣で紗友が柔らかく笑っている姿が目に入って、詠斗は少し恥ずかしい気持ちになったのだった。

知子が先に教室へ戻り、屋上には詠斗と紗友の二人きり。

詠斗のもとへ歩みより、紗友は遠く空を見上げた。

「すごいなぁ、美由紀先輩は」

紗友の瞳には、心からの尊敬の色が宿っていた。

「美由紀先輩の一言で、たくさんの人の心が動くんだもん。どうしたらあんな素敵な人になれるのかなー？」

本気でそう思っていることは一目瞭然。詠斗はふっと笑みをこぼした。

「純粋に、素直だからだろうな」

え？　と紗友は詠斗を見やる。改めて、詠斗は紗友とまっすぐ向き合った。

「紗友」

美由紀との最後の会話を思い出す。

何を幸せと思うかは、その人にしか決められない。紗友の幸せは紗友が決めるものであると、確かに美由紀はそう言っていた。

「俺はお前に幸せになってほしいと思ってる。誰よりも幸せな人生を歩んでほしいって。俺のそばにいたら、苦労する未来しか訪れない。……俺には、お前を幸せにしてやることができそうにないんだ」

言葉を紡いでいくたびに、胸の痛みが大きくなる。詠斗はわずかに下を向いた。

耳の聴こえない詠斗にとって、紗友の優しさは自らの背負うハンデよりもずっとずっと苦しいものだった。耳が不自由でさえなければ紗友は自由でいられたのにと、詠斗は自分自身を責め続けていた。

本当は助けてもらいたかった。紗友の優しさに甘えたかった。自分の人生を支えていくことが紗友の決めた生き方であるということにも、ずっと前から気づいていた。

そんな彼女の想いと素直に向き合うことができなくて、今までずっと逃げ続けてきた。耳が不自由なことを言い訳にして、彼女を幸せになんてできないと決めつけて、詠斗は己の弱さから目を背け続けてきた。

でも、今は違う。

弱くてもいい、強がる必要などないのだと、美由紀先輩が教えてくれたから。

──もう、逃げない。

顔を上げ、詠斗はもう一度紗友の目を見る。

「なぁ、紗友」

わずかに紗友の頭が傾《かし》ぐ。

「それでも俺は、お前に頼ってもいいのか？」

二つの視線が、まっすぐに交わる。

互いに逸らすことはなく、それぞれの瞳はそれぞれの想いを映してきらりと輝く。

「うん」

清々しいほど綺麗な笑顔で、紗友は大きく頷いた。

「前からずっと言ってるでしょ？　私が、詠斗の耳になるんだって」

何年経っても、変わらない答えが返ってくる。それだけで、詠斗は心から安心して笑うことができた。

三度目はない、と詠斗は誓う。これからは、自分が紗友の笑顔を守っていくのだと。

誰よりも深い愛情を注いでくれる彼女の手を、もう二度と、離してはならないのだと。

「……本当に？」

今一度確認すると、紗友は両手を腰に当ててむっと顔をしかめた。

「だからそう言ってるじゃない！」

「お前を幸せにしてやれないかもしれないぞ？」

「別にいいよ、私を幸せにしようだなんて思わなくて」

詠斗が眉をひそめると、「だって」と紗友はにこりと笑った。

「詠斗の隣にいられるなら、それだけで私は幸せだもん！」

思わず、詠斗は目を丸くした。そして、ははっ、と声に出して笑った。

「ちょっと！　何で笑うの！」

「いや、どっかで聞いたようなセリフだなと思って」

「どっか？　ってどこよ!?」

もうっ、とふくれた紗友もケラケラと笑う詠斗につられ、一緒になって笑った。


改めて、詠斗はこれからの生き方を胸に刻む。

笑う声は聴こえないけれど、心の声にはいつだって耳を傾けていよう。

美由紀先輩の声が聴こえたように、紗友の声も受け止める。

紗友だけじゃない。巧も、兄貴も、穂乃ちゃんも、そして知子先輩の声も。

たとえこの耳が、すべての音を失っていたとしても。

聴こえないはずの声を聞き届けられる人になろう。

それが、美由紀先輩の想いを汲《く》んだ俺の生き方だ、と。


詠斗が空を見上げると、紗友も一緒になって視線を上げる。

青い青いこの空を泳ぐ綿菓子のような白い雲が、ふわりと笑ったように見えた。

あとがき

はじめまして、貴堂水樹と申します。このたびは数ある書籍の中から『Voice―君の声だけが聴こえる―』をお手にとっていただき、ありがとうございます。

この作品を小説投稿サイト『小説家になろう』に投稿し、スターツ出版文庫大賞のフリーテーマ部門賞を受賞したのは、私が本格的に長編小説を書き始めてちょうど一年が経った頃のことでした。小学生の頃から推理小説が大好きで、かの有名な『シャーロック・ホームズ』シリーズは小学校の図書館で読破しました。自ら小説を書き始めたのは、仕事と子育てを両立させながら何か自宅でできる趣味がほしいと思ったのがきっかけです（以前はダンスや演劇などの舞台芸術に注力しておりました）。そんな中、やはり自分の好きなものをという気持ちからどうにかして推理小説っぽい作品が書けないものかと試行錯誤していたところ、先に記しました『小説家になろう×スターツ出版文庫大賞』の締め切り一ヶ月前にこの物語の主人公・詠斗というキャラクターが生まれ、〝耳が聴こえない〟という彼の抱えるハンディキャップをアドバンテージに変えることで成立する設定とトリックを思いつき、締め切り直前に書き上げたというのがこの作品です。体裁としてはかろうじて推理小説らしきものに仕上がりましたので、詠斗達とともにぜひ謎解きを楽しんでいただきたく思います。

そして、この作品では謎解きと同時進行で『強さとは何か』というテーマを扱っていまして、物語のラストでは私なりのアンサーを提示させていただいております。この作品が皆様にとっての小さな救いであったり、微かな希望の光であったり……悩み、苦しんでいる方の背中をそっと押してあげられるような、そんな作品になれたのであれば、少しでも心に残るような作品になれたのであれば、作者としてこれ以上の幸せはありません。

最後になりますが、初めての書籍化で終始右往左往していた私に辛抱強くお付き合いいただきました担当編集の篠原様、素敵なカバーイラストをご担当いただきましたイラストレーターのふすい様をはじめ、この作品の刊行に際しご尽力いただきましたすべての皆様に深く感謝申し上げます。そして、この作品を手にしていただいた読者の皆様。本当に、本当にありがとうございます。これからも精進して参りますので、今後ともどうぞよろしくお願い致します。

それでは、また近いうちに皆様とお目にかかれることを祈りつつ、私からのご挨拶とさせていただきます。

二〇一八年十二月　貴堂水樹

この物語はフィクションです。実在の人物、団体等とは一切関係がありません。

本書は株式会社ヒナプロジェクトが運営する小説投稿サイト「小説家になろう」(https://syosetu.com/)に掲載されていたものを改稿の上、書籍化したものです。

なお、「小説家になろう」は株式会社ヒナプロジェクトの登録商標です。

貴堂水樹先生へのファンレターのあて先
〒104-0031　東京都中央区京橋1-3-1　八重洲口大栄ビル7F
スターツ出版(株) 書籍編集部 気付
貴堂水樹先生

Voice —君の声だけが聴こえる—

2018年12月28日　初版第1刷発行

著　者　　貴堂水樹　©Mizuki Kidou 2018

発 行 人　　松島滋
デザイン　　カバー　bookwall
　　　　　　フォーマット　西村弘美
D T P　　株式会社エストール
編　　集　　篠原康子
　　　　　　堀家由紀子
発 行 所　　スターツ出版株式会社
　　　　　　〒104-0031
　　　　　　東京都中央区京橋1-3-1　八重洲口大栄ビル7F
　　　　　　TEL　販売部　03-6202-0386（ご注文等に関するお問い合わせ）
　　　　　　URL　http://starts-pub.jp/
印 刷 所　　大日本印刷株式会社

Printed in Japan

ISBN　978-4-8137-0598-7　C0193

スターツ出版文庫　好評発売中!!

『10年後、夜明けを待つ僕たちへ』　小春《こはる》りん・著

『10年後、集まろう。約束だよ！』――７歳の頃、同じ団地に住む幼馴染５人で埋めたタイムカプセル。十年後、みんな離れ離れになった今、団地にひとり残されたイチコは、その約束は果たされないと思っていた。しかし、突然現れた幼馴染のロクが、「みんなにタイムカプセルの中身を届けたい」と言い出し、止まっていた時間が動き出す――。幼い日の約束は、再び友情を繋いでくれるのか。そして、ロクが現れた本当の理由とは……。悲しすぎる真実に涙があふれ、強い絆に心震える青春群像劇！

ISBN978-4-8137-0467-6 ／ 定価：本体600円＋税

『月の輝く夜、僕は君を探してる』　柊《ひいらぎ》 永太《えいた》・著

高３の春、晦人が密かに思いを寄せるクラスメイトの朔奈が事故で亡くなる。伝えたい想いを言葉にできなかった晦人は後悔と喪失感の中、ただ呆然と月日を過ごしていた。やがて冬が訪れ、校内では「女子生徒の幽霊を見た」という妙な噂が飛び交う。晦人はそれが朔奈であることを確信し、彼女を探し出す。亡き朔奈との再会に、晦人の日常は輝きを取り戻すが、彼女の出現、そして彼女についての記憶も全て限りある奇跡と知り…。エブリスタ小説大賞2017スターツ出版文庫大賞にて恋愛部門賞受賞。

ISBN978-4-8137-0468-3 ／ 定価：本体590円＋税

『下町甘味処 極楽堂へいらっしゃい』　涙鳴《るいな》・著

浅草の高校に通う雪菜は、霊感体質のせいで学校で孤立ぎみ。ある日の下校途中、仲見世通りで倒れている着物姿の美青年・円真を助けると、御礼に「極楽へ案内するよ」と言われる。連れていかれたのは、雷門を抜けた先にある甘味処・極楽堂。なんと彼はその店の二代目だった。そこの甘味はまさに極楽気分に浸れる幸せの味。しかし、雪菜を連れてきた本当の目的は、雪菜に憑いている“あやかしを成仏させる”ことだった！やがて雪菜は霊感体質を見込まれ店で働くことになり…。ほろりと泣けて、最後は心軽くなる、全５編。

ISBN978-4-8137-0465-2 ／ 定価：本体630円＋税

『はじまりは、図書室』　虹月一兎《こうづきかずと》・著

図書委員の智沙都は、ある日図書室で幼馴染の裕司が本を読む姿を目にする。彼は智沙都にとって、初恋のひと。でも、ある出来事をきっかけに少しずつ距離が生まれ、疎遠になっていた。内向的で本が好きな智沙都とは反対に、いつも友達と外で遊ぶ彼が、ひとり静かに読書する姿は意外だった。智沙都は、裕司が読んでいた本が気になり手にとると、そこには彼のある秘密が隠されていて――。誰かをこんなにも愛おしく大切に想う気持ち。図書室を舞台に繰り広げられる、瑞々しい“恋のはじまり”を描いた全３話。

ISBN978-4-8137-0466-9 ／ 定価：本体600円＋税

書店店頭にご希望の本がない場合は、書店にてご注文いただけます。